目次

contents

JN063123
SENOO PHOTO STUDIO
Minase Sara Presents

第一章
最後の記念写真

SENOO PHOTO STUDIO
Minase Sara Presents

丘の上に吹く冷たい風が、黒いスカートの裾を揺らす。

ゆっくり顔を上げると、煙突から空に昇っていく一筋の煙が見えた。

枯れ木がざわっと音を立てる。少し体を震わせて、私は静かにまぶたを閉じる。

祖父が逝《い》ってしまった。二十年以上、たったひとりで私を育ててくれた祖父が。

それなのに一滴の涙もこぼさない私は、どこまで薄情な孫娘なのだろう。

*

「急なことで、驚いたでしょう？　つむぎちゃん」

喪服姿の叔母が軽自動車を運転しながら、疲れたような声を漏らす。

私の母の妹である、この叔母に会うのは何年振りだろう。記憶の中の叔母よりも、ずいぶん白髪が増えた気がする。

祖父が倒れたと、病院から連絡が来たのは三日前。それまでは風邪ひとつひいたことのない、元気な祖父だった。

私は都内のアパートから、急いでこの海辺の町へ戻ってきたけれど、祖父はすでに帰らぬ人となっていた。

幼いころに両親を亡くし、親代わりであった祖父の最期を、私は看取《みと》ることができなかったのだ。

ほとんど親族のいない祖父の葬儀は、こぢんまりと執《と》り行われ、気づけば祖父は骨となり小さな箱の中に納まってしまった。

本当にあっけない、祖父との別れだった。

「しばらくはこっちにいられるのよね？」

隣から聞こえた叔母の声に、私ははっと我に返る。

「はい。ちょうど仕事を退職して、転職先を探そうと思っていたところだったので」

「ひとりで大丈夫？　やっぱりうちに泊まればいいのに」

「大丈夫です。あの家がどうなっているか気になるし、きっとおじいちゃんも店のことを心配していると思うんです」

叔母がふっと息をはき、口元をゆるめる。

「そうね。最後の最後まで、お店に立っていたっていうからね。おじいちゃんも早くお店に帰りたいでしょう」

祖父はこの町でたった一軒の、小さな写真館を営んでいた。そして祖父が倒れたのも、その写真館の中だったそうだ。

車がハザードランプをつけて、道路の端に停車する。叔母が助手席に座る私を見た。

「本当にここまででいいの？」

「はい。久しぶりに、歩いて帰ってみたいんです」

「気を落とさないでね、つむぎちゃん。なにかあったらすぐ、叔母さんに連絡するのよ？」

「ありがとうございます」

祖父の骨箱《こつばこ》を抱えて車から降り、軽自動車が走り去るのを見送ると、私は小さく息をつく。右手を後ろに回し、ひとつに結んでいた髪をほどいた。夕暮れの冷たい風が吹いて、肩にかかる髪が揺れる。

やがて私の耳に、懐かしい音が聞こえてきた。町のスピーカーから放送される、夕刻のメロディーだ。子どものころはこのメロディーが流れると、どこで遊んでいても慌てて家に帰ったものだ。

「おじいちゃん……」

私はぽつりとつぶやく。

「家に……帰ろうか」

あたりは少しずつ、闇に包まれはじめていた。


叔母に車を停めてもらったバス通りを曲がり、急な坂道を下ると、目の前に寒々しい灰色の海が広がっていた。私にとっては見慣れた、つまらない景色だ。地方の大学を卒業するまで、私はここで育った。

低い堤防が、狭い道に沿ってゆるやかなカーブを描き、防波堤の向こうには小さな漁港が見える。その海沿いの集落に建っているのが、祖父の写真館兼自宅だ。

デジタルカメラやスマートフォンで手軽に綺麗《きれい》な写真が撮れる今の時代、個人で経営している昔ながらの写真館はだいぶ姿を消してしまった。けれど以前は、人生の節目の記念写真を撮るためや、フィルムの現像や焼き増しなどを頼むため、多くの人々が写真館を訪れていた。祖父の写真館もそうだった。

店にはいまでも、祖父の愛したモノクロ写真がたくさん並んでいる。店で撮影をしてくれたお客さんたちの許可を得て、飾らせてもらったのだ。どれも祖父が心を込めて撮影をし、丁寧に焼きつけた写真たちである。

私も一歳を迎えた年から毎年誕生日に写真を撮っては、店の壁に飾ってもらっていた。だけど大学に通いはじめたころから祖父と意見が合わなくなり、都内に就職すると同時に町を出た。私は祖父を見捨て、この寂《さび》れた町の寂れた写真館に置き去りにしたのだ。祖父に撮ってもらった私の最後の写真は、成人式の晴れ着姿だった。

ふうっと息をはき、前を向く。海を眺めるように並ぶ民家や小さな商店の中、祖父の写真館が見えてくる。木造二階建ての、レトロな雰囲気が漂う洋風の建物。周りの家からはちょっと浮いていたが、代々受け継がれているというこの古い建物が、私は内心気に入っていた。

けれどふとそこで、私は足を止めた。

あたりはもう薄暗い。街灯の灯りや民家の灯りが、ぽつぽつと灯りはじめている。

そして祖父の写真館にも、ぼんやりとオレンジ色の灯りが灯っているのだ。

「……どうして？」

あの店には、誰もいないはず。

私の両親は私が二歳のとき同時に事故で亡くなったため、父と母は写真の中の人物でしかなかった。私はずっと、祖父とふたりだけで暮らしてきたのだ。

もしかして祖父が病院に運ばれたときから、電気が灯ったままだったのだろうか。

祖父は店で倒れ、たまたま立ち寄った近所の人が救急車を呼んでくれた。そのあと叔母が戸締《とじま》りに来てくれたはずなのだが。

私は軽く深呼吸をし、祖父の骨箱を抱え直すと、灯りの灯る店に向かって歩きはじめた。

『妹尾《せのお》写真館』と書かれた店の前で立ち止まる。古いガラス戸は開いていて、店の中が丸見えだった。

まさか泥棒でも入ったのだろうか。

私はおそるおそる中をのぞき込む。重厚でアンティークな木製カウンター。ステンドグラスの飾り窓。クリーム色の壁に並んだたくさんの写真。奥にはフィルムを現像する暗室があり、店から階段をのぼった二階には、写真撮影をするスタジオがある。

祖父はこの店を、ひとりで営んでいた。フィルムカメラを使う人がほとんどいなくなり、現像やプリントの依頼が減っても。記念日の写真を撮りに、スタジオを訪れる家族が減っても。祖父は頑《かたく》なにこの『町の写真館』というスタイルを貫き通した。私のアドバイスなど聞こうともしないで。

「いらっしゃいませ」

突然、私に声がかかった。やわらかい男の人の声。店先に立っていた私は、驚いて声の方向へ顔を向ける。

店のカウンターの向こう側に、いつのまにか見知らぬ人が立っていた。

清潔感のある黒髪で、背がすらっと高く、中性的な顔立ちをした三十歳くらいの男性だった。

「あ、あの……」

私は思わず後ずさりをしてしまった。店の外へ出て、もう一度看板を確認する。

『妹尾写真館』

二十年以上暮らした自分の家を、間違えるはずはない。

だったらこの人は……いったい誰なの？

「すみません。お客様と、間違えてしまいました」

気づくと男の人が、私の目の前に出てきてそう言った。ブラウンのシャツに細身の黒いパンツを穿《は》いて、姿勢よく立っている。

私が戸惑っていると、その人は祖父の骨箱に目を向け静かに口を開いた。

「あなたが妹尾さんのお孫さんの、つむぎさんですね」

知らない人の口から出た自分の名前に、私はさらに驚き、体を硬くする。

そんな私を見て、男の人が穏やかな表情で微笑《ほほえ》んだ。

「はじめまして。僕はここで働かせてもらっている、天海咲耶《あまみさくや》と申します」

「天海……さん？」

「はい。二年ほど前から住み込みで、妹尾さんに仕事を教えてもらっていました」

「祖父に仕事を……」

二年前といえば、私がこの家を出て行ったあとだ。祖父とはほとんど連絡を取っていなかったから、私が知らない間に人を雇っていたのだろうか。

だけどこの家の戸締りに来たはずの叔母は、従業員がいるなど一言も言っていなかった。

叔母が来たとき、この人に会わなかったのか？

私は半信半疑で、目の前の天海と名乗った人の顔を見る。叔母が言っていた「なにかあったらすぐ、叔母さんに連絡するのよ？」という言葉が頭をよぎり、スマートフォンを取り出そうかと迷う。

「もしかして警戒されていますか？　そうですよね。つむぎさんにお会いするのは、はじめてですし」

そう言うと天海さんは、少し困ったような笑みを見せ、壁際に目を向けた。

「でも僕はつむぎさんに、はじめて会った気がまったくしないんです」

店の壁には、幼いころから毎年撮影していた私の写真が飾られていた。

椅子につかまり立ちしている一歳のころの写真から、髪をふたつに結んでぬいぐるみを抱いた幼いころ。小学生になると姿勢をまっすぐ伸ばし、ちょっと澄《す》ましたような笑顔をカメラに向けている。

私は急に恥ずかしくなって、うつむいてしまった。

本当に二年前から働いていたのならば、私はこの人のことをまったく知らなかったというのに、彼は二年間もずっと、私の写真を見ていたことになる。

すると天海さんの手がゆっくりと動き、私の持っている祖父の骨箱にそっと触れた。

「妹尾さん……こんなに小さくなってしまって……」

その先は、声になっていなかった。ふっと力の抜けた私の手から、天海さんが骨箱を受け取る。そして大事そうにそれを胸に抱き、祈るように目を閉じた。

淡いオレンジ色の灯りの下、その顔はとても儚《はかな》げで美しく見えた。

「妹尾さんはいつも、つむぎさんの話をされていました。『あの子は見た目がほわっとしているけれど、見かけによらずしっかり者の、自慢の孫なんだ』と」

静かな店内に、やわらかな声が響く。けれど私は居たたまれなくなり、また顔を下に向けた。

私は祖父から、そんなふうに褒められるような人間ではない。祖父に偉そうなことを言って都会で仕事を始めたくせに、たった二年半でその場から逃げ出してしまった。

「つむぎさん」

うつむいてしまった私に、声がかかる。

「大丈夫ですか？　疲れたでしょう？　二階で休んでください。つむぎさんの部屋は、そのままになっています」

ゆっくり顔を上げると、天海さんが私のことを穏やかな表情で見つめていた。

どことなくこの人の雰囲気は、祖父と似ている。温和で親切そうで、それでいて心の奥では強い信念を持っているような、そんな人。

そう思ったら、次第に警戒心が薄れていった。いや、あまりにもいろんなことが起こりすぎて、冷静な判断ができなくなっているのかもしれない。

いまはとにかく、この場から離れることだけを考えた。

「祖父のこと……よろしくお願いします」

まだよく知りもしない天海さんの腕に祖父の骨箱を預けたまま、私は逃げるように彼の前を離れた。

天海さんの言ったとおり、二階にある私の部屋は出て行ったときのままだった。和室の六畳間に、小学生のころから使っていた勉強机とベッドがある。机の上には昔読んでいた本や漫画、お気に入りだったうさぎのぬいぐるみなどが置かれたままだ。

私は懐かしいぬいぐるみの頭を軽くなでたあと、閉め切っていた窓を少し開けた。目の前に真っ暗な海が見えて、かすかに潮の匂《にお》いがする。

肩に掛けていたバッグを下ろし、私はへなへなと畳の上に座り込んだ。そして深く息を吸い込み、それをはく。

祖父が倒れたと電話で聞いてから、病院、叔母の家、通夜に告別式と、わけのわからないまま駆け回り、息つく暇もなかった気がする。

「おじいちゃん……もういないんだ……」

ぽつりと声に出してみても、まだ実感は湧《わ》かなかった。ただ体だけがずしりと重く、畳の上に倒れるように横になる。

ぼんやりと見上げた窓の上で、ガラスの風鈴が揺れていた。窓の外から冷たい風が吹きこみ、季節外れの澄んだ音がチリンと耳に響いた。

「わぁ、綺麗な風鈴！」

私がまだ幼いころ、透明なガラスに赤い金魚の絵が描かれた風鈴を、祖父はどこからか買ってきた。

「どうだい？　気に入ったかい？」

「うん！　おじいちゃん、ありがとう。ねぇ、つむぎの部屋の窓につけて！」

「ああ、いいとも」

祖父はそう答えて、にこにこしながら私の部屋の窓に風鈴をつるしてくれた。外から海風が吹き込むたび、ガラスの触れ合う綺麗な音が響く。

「ありがとう、おじいちゃん！」

はしゃぐ私に向かって、祖父が穏やかに微笑む。

「では、つむぎ。次は写真を撮ろう。写場《しゃじょう》へおいで」

「写真？」

「今日はつむぎの、八歳の誕生日だろう？」

誕生日には毎年、スタジオで写真を撮ってくれた祖父。面と向かって言ったことはなかったけれど、私は祖父に写真を撮ってもらうのが好きだった。

「つむぎ、こっちを向いて」

カメラの向こう側で祖父が言う。

明るい照明。三脚の上の大きなカメラ。私に向けられたレンズ。その向こうで微笑む、大好きな祖父。

私は布張りの椅子にちょこんと座り、ちょっと照れながらも、祖父に向かって笑顔を見せる。

「ああ、とてもいい顔だ」

祖父は必ずそう言って、幸せそうにシャッターを切った。

「つむぎさん」

聞き慣れない声に、驚いて目を開ける。私の視界に天海さんの顔が見えた。

いつの間に眠ってしまったのだろう。窓の外は真っ暗だ。かすかな風が吹いて、ガラスのぶつかる音が響く。

天海さんは窓辺に歩み寄り、少し開いていた窓を閉めた。私の体はすっかり冷え切ってしまっている。

そんな私に、天海さんは言いにくそうに伝えた。

「疲れているところ申し訳ありませんが、ちょっと見てもらいたいものがあるんです。下の部屋に来てもらえますか？」

「……はい」

さっき会ったばかりの人に寝顔を見られてしまった照れくささと、今までの体の疲れが重なって、私はのろのろと畳の上に起き上がる。そういえばまだ、喪服を着たままだった。黒いスカートが、しわくちゃになってしまっている。

「居間で待っています」

天海さんはそう言うと、静かに私の部屋から出て行った。

あの人……住み込みで働いているって言っていたけど、どうしてこんな店で働こうと思ったのだろう。町を出れば、もっといい勤め先はたくさんあるはずなのに。

そんなことを考えながら、私は天海さんのあとを追うように部屋を出て、階段を下った。

一階の店の奥には居間と台所、それと祖父が使っていた部屋がある。二階はスタジオと私の部屋、それに客間がひとつ。もしかしたらその客間で、天海さんは寝泊まりしているのかもしれない。昔、祖父の父がこの店を営んでいたころは、住み込みの従業員さんがいて、その部屋で暮らしていたと聞いたことがある。

私が居間に入ると、低い木製の棚の上に、祖父の骨箱とろうそくや線香、小さな花などが供《そな》えられていた。ろうそくには火が灯っており、線香からは細い煙が昇っている。

「これ……天海さんが？」

「すみません。このくらいしか用意できなくて」

「いえっ、十分です。ありがとうございます」

私はその場に正座し、頭を下げた。

「私……なにもしないで、のん気に寝てしまって……」

「いいんですよ。僕のほうこそ、葬儀に参列できず、申し訳ありませんでした」

天海さんも、私と同じように頭を下げる。

「妹尾さんが倒れたとき、ちょうど僕は泊まりがけで実家に帰っていて、亡くなったことは戻ってから近所の方に聞きました。僕がそばにいれば、もっと早く病院に連れていってあげられたかもしれないのに……」

ああ、それで、叔母も店でこの人に会わなかったのか。

「そんなことないです。それを言うなら、私がひとり暮らしなどせず、祖父のそばにいてあげればよかったんです」

私は小さく息をはく。すると天海さんが、紫色の風呂敷に包まれたアルバムほどの大きさのものを差し出し、私の前で静かに開いた。

「これを……つむぎさんに見てほしくて……」

「あ……」

それは、額に入った祖父の写真だった。

「『私が死んだら、遺影に使ってほしい』と、妹尾さんから預かっていたんです。葬儀までにお渡しするべきだったんですが、遅くなり、すみませんでした」

私は首を横に振り、天海さんの手から写真を受け取る。

祖父は人の写真を撮るばかりで、自分が撮られることは嫌がった。だからいままでこの家に、祖父の写真は一枚もなかった。葬儀のときに使った遺影は、叔母が持っていた私の両親の結婚式の集合写真から、祖父の顔をなんとか加工してもらったものだった。

それなのに……この一枚には、まったく嫌がる素振りも見せない、穏やかでやさしい表情の祖父が自然に写し出されている。

「すごく……いい写真ですね」

私の言葉に、天海さんの顔つきが一瞬だけ揺れ動く。

「こんなもの、いつ用意したんでしょう……祖父は自分が死ぬことを、予感していたんでしょうか……」

いや、持病もなかった祖父が、そんなことを考えていたとは思えない。

「……どうでしょうか。最近は元気なうちから、遺影を撮影する方もいらっしゃいますから」

天海さんが答えた。

私はじっと写真の中の祖父を見つめたあと、それを骨箱の隣に置く。そして両手を合わせ、そっと目を閉じる。

「天海さん」

目を開けると、私は座ったまま彼のほうに体を向けた。

「他になにか言っていませんでしたか？　あの……私のこととか……」

「つむぎさんのことですか？」

「はい。私、祖父にひどいことを言って、家を出たきりだったから」

二年半前、この家を出て行く日。祖父は写真館の前に立ち、黙って私の姿を見送っていた。

私はそんな祖父に声をかけることも、手を振ることもなかった。今思えば、意地になっていたのかもしれない。そして生きている祖父の姿を見たのは、それが最後だった。

「いいえ、大事なお孫さんだという以外はなにも」

「……そうですか」

私は小さく息をはき、自分の前髪をくしゃっと握ると、ふっと笑って言った。

「私……こんなことになるとは思ってなくて。いえ、今さら後悔してもどうにもならないってわかっているんですけど。いや、そもそも私、後悔しているのかな……」

それさえもわからない。

「私、祖父に写真を撮ってもらうのが好きだったんです。祖父が誰かの写真を撮っている姿も、カッコよくて好きでした。だからずっとこの店を続けてほしかった」

こんな話をするつもりはなかったのに。私は張りつめていた糸がぷつんと切れたかのように、言葉を一気にはき出した。

「でもこのままじゃ駄目だとも思って。こんな昔と変わらないやり方じゃ、お客さんが来なくなってしまうって、すごく焦って……もっと今の時代に合うお店にしたほうがいいと、私、何度も祖父に忠告したんです」

まくしたてるような私の声を、天海さんはじっと聞いてくれている。

「だけど祖父はわかってくれませんでした。この店を変えるつもりはないと、頑なに拒んで……私はそんな祖父に言ってしまったんです。『もうおじいちゃんなんか知らない。こんな店、いますぐ潰《つぶ》れちゃえばいい』って」

私は天海さんから目をそらし、小さく笑う。背中に、嫌な汗がにじんでいる。

「それ以来、店のことに口出しはしませんでした。祖父もなにも言わなくなって……そのあと私は東京のこども写真館に就職し、この家を出て行きました」

どうして私は、こんな話をしているのだろう。今日はじめて会ったこの人に、同情してもらいたいのだろうか。それとも叱《しか》ってほしいのだろうか。

どちらにしても、もう手遅れだ。

「つむぎさんは……」

ずっと黙っていた天海さんが、ぽつりとつぶやいた。

「もう一度、おじいさんに会いたいと思いますか？」

私はふっと笑って、天海さんに言う。

「その質問、意味ありますか？　会いたいと思っても、会えるはずはないのに」

「いえ。つむぎさんが会いたいと思うのなら、会う方法はあります」

意味がわからず、中途半端に口を開けたまま天海さんを見る。

「会う方法はありますよ」

「なにを……言っているんですか？」

自分の声がうわずっている。天海さんは座ったまま、すっと背筋を伸ばして私に言った。

「もしつむぎさんがおじいさんに会いたいのなら、今夜十一時五十五分、二階の写場へ来てください。ただしおじいさんに会えるのはたった一度、今日と明日の境目の、十分間だけです」

呆然としている私の前で、天海さんはほんの少し口元をゆるめると、音もなく立ち上がり店のほうへ行ってしまった。

「なんなの？　あの人」

十分間だけ祖父に会える？　そんなバカなことがあるものか。

祖父は亡くなったのだ。もう二度と会うことはできない。

お線香をあげたあと、私は二階の部屋に戻った。そしてベッドの上に、倒れ込むように横たわる。

『もう一度、おじいさんに会いたいと思いますか？』

会えるわけない。そんなことは絶対にありえない。今日、祖父の体は焼かれてしまった。遺骨だってこの目で見た。会えるわけはないのだ。

頭の中で繰り返しながら、私はごろんと寝返りをうつ。

だけどもしも本当に、もう一度だけ祖父に会えるなら――私はなにを、伝えたいのだろう。

ベッドの脇にある本棚に、見覚えのあるカタログが置いてあった。何気《なにげ》なくそれを手にとり、パラパラとめくる。そこにはパステルカラーのドレスや着物を着た女の子が、カラフルな背景や小物と一緒に、にこやかに微笑む写真が並んでいた。

私が働いていた、こども写真館のカタログだ。

かわいらしい衣装を何着も着られて、何ポーズでも撮影してくれるというのが、このお店の売り文句だ。デジタルカメラが普及した今では、このような大型店は多い。お客さんは何枚も撮った写真を、すぐに大きなモニター画面で確認しながら、気に入ったものを選んで購入することができるのだ。

私はこのお店のカタログを、何度も祖父に見せた。祖父の店をここまでの規模にするつもりはないが、今はこのようなやり方もあるのだという現実を、知ってほしかったのだ。

けれど祖父はこう言った。何度もシャッターを切れることも、すぐに撮った写真を見られることも、どれも素晴らしいことだけど、自分は昔ながらのやり方を変えるつもりはないと。

写真は撮る人から、撮られる人への、大切な贈り物。だから心を込めてたった一枚、最高の瞬間をカメラで撮り、受け取る人の顔を思い浮かべながら、丁寧に現像し印画紙に焼きつける。その一連の作業が、おじいちゃんは好きなのだと。

「おじいちゃんの気持ちもわかるけど、そんな理想だけじゃもうやっていけないんだよ。今どきデジタルカメラもパソコンも使わない写真屋なんて、見向きもされなくなるってば」

「そのときはそのときで仕方ないね。おじいちゃんは最後まで、この妹尾写真館の写真師でいたいんだよ」

そんなの勝手だと思った。祖父はそれで満足かもしれないが、私は納得できない。

両親を亡くしてからずっと、祖父には世話になってきた。

祖父は、私が母を恋しがらないように、毎日食事を手作りし、身の回りの世話をしてくれた。自分は本当に質素なものしか口にせず、服も何年も同じものを着まわして。それでも祖父はいつも笑顔で、父の代わりに仕事をし、私を大学まで通わせてくれた。

私が生まれてからの祖父の人生は、すべて私のためだけに注がれていたのだ。

だから少しでも、私は祖父に楽をしてもらいたかった。もっと商売が繁盛する方法があるのではないかと、私なりにいろいろ考えた。

まだこの店を潰したくはない。

祖父と一緒にこの小さな店に立ち、ひとりでも多くの人の思い出を残してあげるのが、私の夢だったのだ。

それなのに――

「もうおじいちゃんなんか知らない！　こんな店、いますぐ潰れちゃえばいい！」

チリン。

耳に風鈴の音が響いた。私ははっとして目を開く。

またいつの間にか、眠っていたのだ。

窓辺を見ると、窓は閉まったままである。それなのにいま、透《す》き通った音が聞こえた気がした。

私はベッドの上に体を起こし、スマートフォンの画面を見る。表示は午後十一時五十分。あと五分で、天海さんが指定した時刻になる。

『もしつむぎさんがおじいさんに会いたいのなら、今夜十一時五十五分、二階の写場へ来てください』

天海さんは、真剣な表情でそう言った。冗談を言っているようには見えなかった。

「でも、まさか……」

私はふるふると首を横に振る。

ありえない。そんなことは、ありえない。私がもう一度、おじいちゃんに会えるなんて。

そんな思考とは裏腹に、私はふらりと立ち上がった。部屋を出て、薄暗い廊下を進む。

スタジオへは店の階段だけでなく、自宅側からも入れるようになっている。私はドアの前で立ち止まり、深く息をはいた。

閉じられたドアに近づき耳を澄ましてみる。しかしなんの音も聞こえない。私は震える手でドアノブをつかむと、思い切ってそれを引いた。

「お待ちしていました、妹尾つむぎさん」

やわらかな声が聞こえる。けれどスタジオの中は薄暗く、声の主はぼんやりとしか見えない。

「天海……さん？」

薄闇の中で目を凝《こ》らす。昔から祖父が使っていた、カメラと三脚があるのがわかる。そのそばに立っているのは、黒いスーツ姿の天海さんだ。

『おじいちゃんは最後まで、この妹尾写真館の写真師でいたいんだ』

祖父が仕事をしていたときの姿と、目の前の彼の姿が自然と重なる。

「つむぎさん。どうぞ奥へお進みください」

戸惑いながらも、天海さんに言われたとおりの方向へ足を動かす。

一番奥の壁にはスクリーンが掛けられていて、その前にアンティークな布張りの椅子が置いてあった。

私が椅子の近くで立ち止まると、天海さんが言った。

「こちらの席に、つむぎさんの『会いたい人』を呼んでいただきます」

「私の……会いたい人……」

「そうです。つむぎさん自身が呼ぶんです」

「私が……呼ぶ？」

「椅子に手をかけて、会いたい人のことを想ってください」

私は半信半疑のまま、椅子の背に手をのせた。懐かしい感触に、昔の思い出がよみがえる。

誕生日には、この椅子に座って写真を撮った。ひとつ年齢が上がったことが、ちょっと照れくさくて、ちょっと誇らしかった。顔を上げるといつもカメラの向こうから、祖父がやさしく私を見守ってくれていた。

「それでは照明をつけます」

次の瞬間、パッと明るい光に包まれた。撮影用のライトがついたのだ。その眩《まぶ》しさに一瞬目を閉じ、再びゆっくりとまぶたを開く。

「えっ……」

目の前にある椅子に座っているのは――

「おじいちゃん！」

私は思わず声を上げた。祖父はにこにこと微笑んで、私の顔を見上げている。

「おじいちゃん……本当におじいちゃんなの？」

「そうだよ、つむぎ。会いたいと思ってくれて、ありがとう」

会いたいと……私が思ったの？

おそるおそる、指先で祖父の顔に触れてみる。その頬には体温があった。葬儀のときに触れた、あの冷たい感触ではなかった。私は両方の手のひらを広げ、祖父の頬を包み込む。

「おじいちゃん……」

震える私の手に、祖父の手がそっと重なる。

祖父の手にも体温がある。温かい。

「つむぎさん」

そっと目を閉じた私の耳に、天海さんの声が聞こえた。

「もうじき日付が変わります。おじいさんに伝えたいことがあるのなら、伝えたほうがいいですよ」

私は天海さんから聞いた言葉を思い出す。今日と明日の境目の十分間しか、祖父には会えないと言っていた。

でも私は、祖父に伝えたいことがわからない。いや、ちがう。伝えたいことがありすぎて、なにから伝えたらいいのかわからないのだ。

戸惑う間にも、時間は過ぎる。

「つむぎ、大人になったね」

すると、無言になってしまった私に、祖父のやわらかい声がかかった。

「つむぎがいなくなってから、もっとつむぎの意見も受け入れるべきだったと、反省していたんだよ。頑固なおじいちゃんで悪かったね。本当は一度でいいから、大人になったつむぎと一緒に、あの店に立ちたかった。あの店に立って、お客様を迎えたかった」

私ははっと顔を上げる。そのとき壁に掛かった柱時計が、ぼーんっと音を立てはじめた。ひとつ、ふたつ……十二の音が時を知らせる。

祖父はやさしく微笑むと、温かい手のひらで私の髪をそっとなでた。幼いころ、私が泣いたとき、いつもしてくれたように。

「おじいちゃん……そんなこと思ってくれていたの？」

「いつかつむぎが戻ってきたら、伝えたいと思っていたんだ。それなのに……許しておくれ、つむぎ」

「ちがうっ、ちがうよ！」

私は声を張り上げる。

「許してもらうのは私のほうだよ、おじいちゃん！」

ずっと言えなかった。いつでもここに、祖父がいると思っていたから。けれど些細《ささい》なすれ違いが、取り返しのつかないことになってしまった。

「おじいちゃん、私っ、おじいちゃんに写真を撮ってもらうのが好きだったの。おじいちゃんが誰かの写真を撮っているところも、すごく好きだった」

祖父はにこやかな顔で、何度もうなずく。胸がじんわりと熱くなる。

「それにおじいちゃんが、このお店を愛していることも知っていたよ。本当は私もおじいちゃんと一緒に、妹尾写真館に立つのが夢だったの。それなのに『潰れちゃえばいい』なんて言ってしまって……ごめんなさい」

祖父が静かに首を横に振る。

「ありがとう、つむぎ。その言葉が聞けただけで、おじいちゃんは幸せだよ」

私ははっと息を呑《の》んだ。目の前の祖父の姿が、うっすらと透けている。と思えば、また元に戻り、再び薄くなる。この世とあの世の境目を、ふらふらとさまよっているかのように。

時間がない。他にもたくさん言いたいことがあったはず。どうしてもっと早く、祖父に伝えなかったのだろう。

「おじいちゃんっ、私っ……」

「そろそろ時間です」

私の言葉を断ち切るように、天海さんの声が無情に響いた。そして一瞬、彼は祖父の顔を見つめる。祖父は穏やかな表情で天海さんを見て、「任せたよ」とつぶやいた。

「つむぎさん、おじいさんの隣に立ってください」

「え？」

「最後に、最高のお写真をお撮りします」

「写真を……撮るの？」

「そうですよ。さ、早く」

天海さんに促され、私は椅子に座る祖父の隣に立った。消えゆく祖父の姿に、悲しみが押し寄せる。そんな私の手を、祖父がそっと握りしめた。

「おふたりとも、こちらを向いてください」

天海さんがカメラの向こうで言う。レンズを見つめた私の耳に、祖父の声が聞こえる。

「人が死んでも、写真は残る。写真は撮る人から、撮られる人への、大切な贈り物なんだよ。どうかそれを忘れないで」

胸の奥から熱いものが込み上げて、どうしようもなく溢《あふ》れ出る。

「それでは撮ります」

私は祖父の手を、ぎゅっと握りしめた。

祖父の写真への熱い想いを。この写真館への愛情を。そしてつないだ手のぬくもりを――

私は一生忘れない。

「ああ、おふたりとも、とてもいいお顔です」

その瞬間、目の前でフラッシュが眩しく光り、シャッターが一度だけ切られる。

気づくと隣に祖父の姿はなく、私の手には祖父のぬくもりだけが残っていた。


「つむぎさん。つむぎさん」

私の名前を呼ぶ声で目が覚めた。布団の中から顔を出すと、天海さんが私の顔をのぞき込んでいる。私は恥ずかしくなって、咄嗟《とっさ》に布団で顔を隠した。

「おはようございます。起きたら下に来てください。暗室にいます」

「えっ、あ……暗室？」

寝起きで戸惑う私に向かって、天海さんは小さく笑いかけ部屋を出て行く。

私はその背中を見送りながら、ぼんやりと真夜中の出来事を思い出した。

写場にいた祖父。一緒に並んで写真を撮った。握り合った手のぬくもり……

「あれは……」

じっと自分の手を見つめたあと、くしゃくしゃと寝癖のついた頭をかく。

いや、そんなことがあるはずはない。天海さんが妙な話をするから、きっと祖父に会った夢を見たのだ。そうだ、夢に決まっている。

私はベッドから起き上がり、窓を開く。目の前には朝の凪《な》いだ海が広がっていて、ガラスの風鈴がかすかな音を立てた。

押入れの中から引っ張り出したセーターをかぶり、ジーンズを穿いて下の部屋に下りる。昨日は喪服のまま眠ってしまったようだ。自分で思っていた以上に、私は疲れていたらしい。

「天海さん？」

居間に天海さんはいなかった。祖父の遺影の前で、線香から細い煙が上がっている。天海さんがあげてくれたのだろう。私も線香に火をつけ、手を合わせる。

『人が死んでも、写真は残る。写真は撮る人から、撮られる人への、大切な贈り物なんだよ』

祖父の声が聞こえた気がして、目を開ける。夢の中で、祖父が言っていた言葉だ。私は祖父の遺影を見つめる。

祖父はこの写真を、誰に撮ってもらったのだろう。人に撮られるのを嫌がる祖父のことだ。セルフタイマーを使用して撮ったのかもしれないが、ひとりでカメラに向かって、こんなに自然な表情を出せるとは思えない。

写真嫌いの祖父がひとりで写った、たった一枚の写真。いざというとき私が困らないように、遺影だけは用意しておいたというのか。

私は静かに立ち上がり、天海さんの姿を捜した。

そういえば、暗室にいるとか言っていたな……天海さんに夢の話をしたらどんな反応をするか、ちょっと興味があった。

私は居間を出て、お店の隅にある小さな暗室に向かった。

この部屋に入るのは、ずいぶん久しぶりだ。幼いころはよく祖父のあとを追って、暗室の中に入っていた。祖父のそばで、祖父の仕事を見ているのが好きだった。

「天海さん？　入りますよ」

扉の中でさらに仕切られたカーテンを抜けると、暗い部屋に赤い灯りがぼんやりと灯っていた。懐かしい薬品の匂いに、タイムスリップしたような気持ちになる。

「ああ、つむぎさん、いらっしゃい。よく眠れましたか？」

中にいた天海さんがそう言った。私はついおかしくなって、暗闇の中でふふっと笑う。

ここは私の家なのに、なんだか私のほうがお客さんのようだ。いや、二年間も住み込みで働いていたならば、今では天海さんのほうがこの家の住人にふさわしい。

暗室で作業している姿だって、祖父に負けず、なかなかサマになっている。

「いえ、なんだかヘンな夢を見てしまって……」

「はい。祖父に会って、天海さんに写真を撮ってもらう夢でした」

「ヘンな夢？」

天海さんが私を見て、小さく笑う。

「つむぎさん」

「はい？」

「これをよく見てください」

天海さんが印画紙を一枚、薬品の中に浸す。ピンセットで挟んで揺らしていると、次第にうっすらとした像が浮かび上がってくる。昔よく、祖父がやっていたのを思い出す。

「妹尾さんはよく言っていました。こうやって写真が写し出されてくる瞬間が、一番緊張して、それでいて一番楽しみなんだと」

私は黙って天海さんの声を聞く。

「美しい写真が撮れているだろうか。写真の中の人物はどんな表情をしているだろうか。できあがった写真を渡したら、どれほど喜んでくれるだろうか。いろんなことを想像して、一番どきどきするそうです」

わかる。その気持ちは、なんとなく。

撮ったその場で画像を確認でき、失敗したら一瞬で消去し、何枚でも撮り直せるデジタルカメラでは、この気持ちを味わうことはできない。

「ほら、見てください」

私は液に浸された印画紙を見た。

「えっ」

そこに写し出されたのは、椅子に座った人物と、その隣に寄り添うように立つもうひとりの人物。

「つむぎさん。あれは夢ではないですよ。僕はこのとおり、おふたりを写真に撮らせていただきました」

「え、そんなの……嘘……」

「嘘ではありません。この写真は、僕からつむぎさんへのプレゼントです」

狭くて薄暗い部屋の中、私はただ呆然とその声を聞いていた。

天海さんが焼いてくれた写真は、祖父の好きなモノクロ写真だった。

被写体となる人物の、人生までを写し出すような深みのあるモノクロ写真を、祖父はとても愛していた。

できあがった写真を額に入れて、天海さんは私の部屋まで持ってきてくれた。

「本当に……こんなことって……」

「あるんですよ」

天海さんが私の前で微笑む。私はもらった写真を見つめ、そっと指先でなでてみる。

信じられないけれど、この写真がたしかな証拠だ。私は亡くなった祖父と会い、一緒に写真を撮ったのだ。

そしてこれは祖父と私が一緒に写った、最初で最後の記念写真となった。

祖父はいつものやさしい笑顔で写っており、喪服姿の私は半分泣き顔で、それでも必死に笑顔を作ろうとしている。

「ヘンな顔していますね、私」

写真を見ていたら、つい言葉が漏れた。

「そんなことないです。とってもいいお顔ですよ」

天海さんはそう言うけれど、どうせならもっとまともな笑顔で撮ってもらえばよかった。

「それはつむぎさんの、一番素直な表情だからです」

「え？」

私は天海さんを見上げた。

「いままで泣けなかったのに、そのときやっと泣けたでしょう？　おじいさんに会えて、よかったですね」

私の一番素直だという表情を、この人はたった一枚の写真に収めた。

胸がじんわりと熱くなって、そのあと急に罪悪感が押し寄せてきた。

「天海さん、私……仕事を辞めてしまったんです」

天海さんは黙って、私を見ている。

「祖父のやり方に反発して、まったく違うやり方をしている会社に入りました。最初はキラキラしたスタジオや衣装で、たくさんの子どもたちを撮影できて満足だったんですけど、マニュアル通りの流れ作業のようなその仕事に、だんだん疑問を持つようになってしまって……決まりきったポーズや作られた笑顔だけではなく、もっとひとりひとりと向き合って、その子にしか出せない表情を撮ってみたいと思いました」

握りしめた手に、じわりと嫌な汗がにじむ。

「それを先輩に伝えてみたら、生意気だと言われました。マニュアル通りのなにが悪い、この仕事を馬鹿にしているのかと、相手を怒らせてしまったんです。たしかにそうですよね。わかっていて入社したくせに、二年やそこら働いただけで会社のやり方に口出しするなんて。私はそこにいづらくなり、退職してしまいました」

一旦言葉を切って、深く息をはく。

「結局私はいつも口だけなんです。なんの実力も経験もないのに、批判だけして相手を傷つけてしまう」

「でもつむぎさんは、今回ひとつ経験を積みました」

天海さんの声が聞こえた。

「そうやっていろいろなやり方を経験してみればいいんです。そのうちきっと、撮る人と撮られる人の心が通じ合う一枚を、つむぎさんもつくり上げることができると思います」

ゆっくりと顔を上げた私に、天海さんが照れくさそうに笑いかける。

「すみません、僕も生意気なことを言いました」

「いえ、そんなことないです」

なんだか自然と頬がゆるむ。

どうしてだろう。どうして会ったばかりのこの人に、私はこんなに心を開いてしまっているのだろう。

そんなことを考えていた私に、天海さんが言った。

「つむぎさんは、妹尾さんにそっくりですね」

「え？」

「妹尾さんの写真に対する強い信念が、つむぎさんの中にも自然と刷り込まれているんでしょう。だから写真のことになると、つむぎさんもつい熱くなってしまうんです。でも僕は、妹尾さんのような人を祖父に持つつむぎさんが、すごく羨《うらや》ましいです」

私は急に恥ずかしくなった。そんなつもりはなかったけれど、もしかしたらそうなのかもしれない。

「でも私……祖父に、一番大事なことを伝えられませんでした」

そっと天海さんから目をそらし、私は写真の中の祖父を見つめた。

「おじいちゃん、ありがとう。大好きだったよって……一番大事なことが言えませんでした」

本当は、祖父が生きているうちに言うべきだった。

だけどもう、祖父には会えない。あの不思議な出来事は、もう二度と起こらない。

「大丈夫。おじいさんはちゃんとわかっています。つむぎさんの気持ちを」

私はもう一度、ガラスの上から祖父の姿をそっとなでる。

「そうでしょうか……」

「そうですよ。だっておじいさんはつむぎさんに会えて、こんなに素敵な笑顔をしているでしょう?」

ぽたりと涙が、祖父の顔の上に落ちた。私はぐすっと鼻をすすって、目から溢れる涙を、指先で必死に拭《ぬぐ》う。

「人が亡くなっても、写真は残ります。大切な人との思い出を、いつまでも大事にしてあげてください」

私は祖父との写真を胸に抱いて、静かにうなずいた。

「僕も最後に、妹尾さんの笑顔が見られてよかったです」

ひとり言のような天海さんの声に、季節外れの風鈴がチリンと美しい音を重ねた。

第二章

最後の笑顔

SENOO PHOTO STUDIO

Minase Sara Presents

祖父の葬儀が終わり、三日が経った。私は祖父の部屋の遺品を整理しながら、この家に泊まっている。

都内のアパートは契約したままだ。転職先を探さなければと思っていた矢先に、祖父が亡くなってしまった。

仕事も、たったひとりの家族も失い、私は途方に暮れていた。唯一相談相手になってくれそうな叔母は仕事が忙しいらしく、電話で一度話しただけで葬儀の日以来会っていない。

「はぁ……」

誰もいないのをいいことに、ため息を声に出す。そしてさっきこの部屋で見つけた祖父のノートを、膝の上でぱらぱらとめくってみる。

そこには祖父にもしものことがあったとき、私がなにをすればいいのかが事細かにボールペンで書き込まれていた。ひとり残されてしまう孫娘が慌てないように、するべき事務手続きや連絡先をノートにまとめてあったのだ。

それにしても祖父は、いつからこんなものを作成していたのだろう。遺影を用意していたこともそうだが、几帳面で真面目な祖父らしいとつくづく思った。

ところがそのノートには、一番肝心なことが書いていなかった。『この店をどうするか』について、なにも書かれていないのだ。ここまで事細かに書いているのに、どうして店のことには触れていないのだろう。

「私が決めろっていうの？」

勝手にそんなことはできない。この『妹尾写真館』は、祖父のものだ。

私はまた小さく息をはき、ノートを閉じると、そばにあった古いアルバムを手にとった。これもノートと同じく、祖父の部屋で見つけたのだ。

明るい日差しの差し込む畳の上で、私は赤い布張りの表紙を開いた。モノクロ写真に写っているのは、若いころの祖母だった。

祖母は私が生まれる前に亡くなってしまったので、会ったことはない。でも祖父からはよく「おばあちゃんは、この町一番の美人さんだった」と聞かされていた。

「うん、たしかに」

パーマをかけ柄物のワンピースを着た、ハイカラな雰囲気の美人さんが、『妹尾写真館』の前に立っている。

この写真を撮ったのは、祖父だろう。カメラのレンズを見つめる祖母は、とても幸せそうに微笑んでいた。

「つむぎさん」

突然声をかけられ、はっとする。襖《ふすま》が静かに開き、天海さんが顔を出す。

「ちょっと店番を頼んでもいいですか？」

「あ、はい」

「僕はお昼の支度をしますので」

壁に掛けられた時計の針を見ると、十二時を回っている。私は祖父の部屋を出て、店に向かった。

天海さんは、謎の人だ。

祖父がいなくなっても、毎日定刻に店を開け店番をし、その合間に三食食事を作ってくれる。

祖父はなにを思って、この人を雇ったのか。いくら年老いていても、店の仕事は祖父ひとりで十分できたはずだ。まさか家政婦代わりに雇ったわけではないだろう。祖父は家事全般なんでもできたから、そんなのはありえない。

それにしてもこんな得体のしれない人と、ひとつ屋根の下で寝起きして、お膳を囲んでいる私もどうかしている。

天海さんは本当に、二年前から従業員だったのか？　もしかしたら祖父の店を乗っ取ろうと企てている、悪い人だという可能性はないだろうか？　そんなドラマみたいな展開を考えてもみたけれど、こんな田舎町のいまにも潰れそうな写真館を、欲しがる理由が見つからない。

「こんにちはぁ！」

カウンターの後ろの椅子に座って、そんなことを頭の中で考えていたら、かわいらしい声が耳に聞こえた。

「こんにちはぁ！」

「は、はいっ、いらっしゃいませ！」

慌てて立ち上がってみるものの、目の前に人影はない。

「あれ？」

首をかしげていると、カウンターの下からひょっこりと小さな女の子が顔を出した。

「『せのおしゃしんかん』って、ここですか？」

「あ、はい。そうです」

答えた私の前で、女の子がにっこりと笑う。

小学校低学年くらいだろうか。肩上で綺麗に切り揃えられているボブヘア。前髪は星やハートがついたカラフルなピンをいくつも使って留めている。ピンク色のリュックを背負って、首からは猫の顔のポシェットをぶら下げていた。

「パパが教えてくれたの。ここに行くと、死んじゃった人と写真が撮れるみたいだよって」

「えっ」

思いもよらない言葉に、私の心臓がどきっとする。

女の子はポシェットの中から紙切れを取り出し、ちょっと背伸びをしてカウンターの上に置いた。

『帰らぬ人との最後の一枚、お撮りします。妹尾写真館』

私は差し出された紙を見る。それは、小さな小さな文字だけの新聞広告を切り抜いたものだった。住所と電話番号も書いてあり、たしかにこれはうちの店だ。けれどこんな広告、今まで見たことも聞いたこともない。

「ここで死んじゃった人に、会えますか？」

「あ……えっと……」

つぶらな瞳をキラキラとさせながら、あまりにも明るい表情で聞いてくるので、私は答えに詰まってしまった。

「会えますよ」

そんな私の後ろから声がかかる。振り向くと、天海さんがそこに立っていた。私は広告を手にして、天海さんに詰め寄る。

「これ……どういうことなのか、説明してもらえますか？」

天海さんはほんの少し、口元をゆるめる。

「この広告は僕が出しました。内容が事実かどうかは、つむぎさんだってよくご存知ですよね」

私の頭に、真夜中の出来事が思い出される。私はあの夜、たしかにこの店の二階で祖父に会った。あれは夢でも幻でもない。祖父の温かいぬくもりだって覚えている。そして天海さんに、祖父との最後の一枚を撮ってもらったのだ。

「広告を出す前は、妹尾さんがひっそりと口コミだけであの仕事をしていました」

「おじいちゃんが？　私なんにも知らなかった……」

「妹尾さんは、つむぎさんには隠していたんです。つむぎさんはこの妹尾写真館の後継者ですけど、まだ子どもでしたから。代々受け継がれてきたこの仕事は、大人になるまでは伝えてはいけないことになっていたらしいです。でも大事なことを伝える前に、妹尾さんは逝ってしまった」

「え……」

私が妹尾写真館の後継者？　代々受け継がれてきた仕事？

戸惑う私の前で女の子が首をかしげる。

「あのぅ……」

すると私の後ろにいた天海さんがカウンターの向こう側へ回り、女の子の前にしゃがみ込んだ。

「ずいぶんかわいいお客さんですね。ひとりで来たんですか？」

「うん！　パパに連れてってって頼んだんだけど、こんなの嘘に決まってるって。だから陽《ひ》葵《まり》、パパの机の引き出しからこの紙借りて、ひとりでバスに乗って来たの」

「ひとりでバスに？」

「陽葵、ひとりでバス乗れるよ！　二年生だもん」

陽葵ちゃんという子はまた猫顔のポシェットを開き、ＩＣカードを取り出して私たちに見せてくれた。

「そうか。偉いんですね」

「ママがいなくても、陽葵なんでもできるもん」

にこにこしている陽葵ちゃんに、私は聞いてみた。

「陽葵ちゃんは……誰に会いたいのかな？」

私の声に、陽葵ちゃんは元気に答える。

「ママ！　死んじゃったママに会いたい！」

私の胸がちくんと痛む。

だけどここでならママに会える。この小さな女の子の願いを、叶えてあげることができるのだ。

天海さんはいつもと同じ穏やかな表情で、陽葵ちゃんにゆっくりと伝える。

「大丈夫です。ここでママに会えますよ。ただしママに会えるのはたった一度。今日の夜の十分間だけです」

「はい！」

元気に手を上げる陽葵ちゃんは、いったいどこまで理解しているのだろう。

「でも夜までここにいたら、きっとパパが心配します。だからまずはパパに連絡してみましょう。パパの電話番号はわかりますか？」

そこではじめて、陽葵ちゃんが顔をしかめた。

「わかるけど……きっとパパに怒られる……」

陽葵ちゃんはもう一度ポシェットを開き、中からピンク色の携帯電話を取り出した。

「これでパパに電話かけられるよ」

「ではパパに電話してもらえますか？」

「でもパパは……そんなの嘘だって言うから……」

天海さんの前で、陽葵ちゃんはもじもじしている。そんな陽葵ちゃんを見ていたら、いてもたってもいられなくなった。

「じゃあパパが出たら代わってくれる？　お姉さんからパパにお話ししてみるよ」

「うん……わかった」

陽葵ちゃんがしぶしぶうなずいて、電話をかけはじめた。

電話に出た陽葵ちゃんのお父さんは、ここから一時間以上も離れた会社で仕事中だった。突然の連絡に状況がつかめず、ちょっと困惑しているようだ。

「妹尾写真館さん？　陽葵がひとりでそちらへ行ったんですか？」

「はい。バスに乗ってきたそうです。パパの引き出しの中にあった新聞広告を持って」

「私の引き出し？　あっ、妹尾写真館って、あの広告の？」

お父さんが声を上げる。

「たしかに広告の話は娘にしました。ちょっと噂に聞いたこともあったので。でもまさか、冗談ですよね？　帰らぬ人と写真が撮れるなんて」

「冗談ではありません。本当に撮れるんです」

一瞬の間があいたあと、お父さんは電話の向こうで笑い出した。

「本気で言っているんですか？　そんな馬鹿なことはありえません。申し訳ありませんが夕方まで仕事を抜けられなくて……終わり次第すぐ迎えに行きますので、それまで娘を待たせてもらえますか？」

「それはかまいませんけど、陽葵ちゃんは今夜、本当にママに……」

「すみません。よろしくお願いします」

そう言って、さっさと電話を切ってしまったお父さんは、まったく信じていないようだった。たしかにその気持ちもわかる。私だって実際祖父に会うまでは、信じられなかった。

でも信じていないならどうして、この広告を捨てずに取っておいたのだろう。

「お姉ちゃん……パパ怒ってた？」

居間で、天海さんからもらったジュースを飲んでいた陽葵ちゃんが、心配そうに聞いてくる。

「あ、ううん。お仕事終わったら、ここに来てくれるって言ってたよ」

「陽葵、まだ帰らないよ！　ママに会うまで帰らないからね！」

そう言って陽葵ちゃんは、そばにいた天海さんの後ろに隠れてしまった。

「大丈夫ですよ。パパが来たら、僕からも話してみます」

「そうそう、心配しないで、陽葵ちゃん。パパが来るまでお姉ちゃんと遊んでいよう？　あ、お腹すいたんじゃない？　一緒にお昼ご飯食べようか？」

その言葉に天海さんが立ち上がる。

「いま昼食を用意しますので、ちょっと待っていてください」

天海さんは陽葵ちゃんの頭を軽くなでたあと、台所へ行ってしまった。残された陽葵ちゃんは、口をとがらせて不満そうな顔をしていた。


しばらくすると天海さんが、オムライスをお皿にのせて戻ってきた。

「わぁ、猫ちゃんだ！」

陽葵ちゃんがぱあっと笑顔になり、お皿をのぞき込む。陽葵ちゃんの前に置かれたオムライスは、黄色い卵が猫の顔の形になっていて、ケチャップで目や鼻やひげが描かれていた。

天海さん……こんなこともできるのか。すごすぎる。

この三日間、私は毎日三食、天海さんの作ってくれた料理を食べている。

食事は私が作りますと言ったのだけど、「それよりつむぎさんは、妹尾さんの部屋の片づけを頼みます」と台所に立たせてもらえない。

でも天海さんは私よりよっぽど手際よく、おいしい料理を作ってくれから、私はひそかに食事の時間を楽しみにしていた。

「これは陽葵ちゃんの分です。いっぱい食べてください」

「かわいい！　よかったね、陽葵ちゃん」

「うん！」

スプーンを持った陽葵ちゃんがにっこりと笑う。やっぱりこの子は、向日葵《ひまわり》のような明るい笑顔がよく似合う。

「いただきまぁす！」

陽葵ちゃんが大きな口を開けて、オムライスを食べはじめた。

「おいしい！」

「よかったです」

口元にケチャップをつけて笑う陽葵ちゃんの前で、天海さんはやさしく微笑んだ。

お昼ご飯を食べて片づけを終えると、天海さんはお店に向かった。猫ちゃんオムライスで気に入られたのか、陽葵ちゃんも天海さんのあとをついていく。

「お兄さん、なにしてるのー？」

「カメラにフィルムを入れているんです」

陽葵ちゃんは背伸びをして、カメラのあるカウンターの上をのぞいている。私も陽葵ちゃんの後ろに立つ。

「フィルムってなぁに？」

デジカメやスマホでしか写真を撮ったことのない子どもたちは、フィルムカメラを知らない。私の年代の友達だって、ほとんど知らないだろう。

「カメラに入れてシャッターを押すと、フィルムに画像が記録されるんです」

「ふうん？」

首をかしげる陽葵ちゃんを見て、天海さんが笑う。

「このカメラで、写真を撮ってみますか？」

「えっ、いいの？」

「これで陽葵ちゃんの好きなものを、撮ってみてください」

天海さんはそう言うと、カメラを持って陽葵ちゃんの前に来た。そして陽葵ちゃんの首に、カメラのストラップをかけてあげる。

小さめのオートフォーカスカメラだけど、陽葵ちゃんが持つとずいぶん大きく見える。

「わぁ……重い」

「こうやってしっかり持って、ここの小さい窓からのぞくんです」

「あ、見えた」

天海さんに手を添えてもらいながら、陽葵ちゃんがカメラをのぞいている。

「撮りたいものを決めたら、よーく観察してくださいね。そして大切に一回、ここを押してください」

「大切に？」

「そう、大切にです。一枚一枚、心を込めて撮ってほしいんです。大切に押してくれるのなら、好きなものをいくつ撮ってもいいですよ」

「はい！」

シャッターボタンの場所と押し方を教えてもらった陽葵ちゃんが、元気よく返事をする。

「今日は天気がよくて暖かいので、カメラを持ってお姉さんと、散歩してきたらどうですか？」

急に振られてどきっとしたが、私がこの店にいてもすることはないし、今日は本当にぽかぽか暖かいお散歩日和だ。

「陽葵ちゃん、お外に行ってみようか？」

「うん！　行く！」

陽葵ちゃんが私を見て、嬉しそうに笑ってくれた。


カメラを首からぶら下げた陽葵ちゃんと、海沿いの道をのんびり歩いた。昔からある古い道はゆるいカーブになっていて、堤防の向こうには海が見える。

「なに撮ろうかなぁ……あっ、猫！」

建物の脇に寝ころんでいた猫を見つけ、陽葵ちゃんが駆け寄る。よくここで日向ぼっこをしている黒い猫だ。けれど猫はすばやく建物と建物の間に逃げ込んでしまった。

「あー、逃げちゃったぁ」

「猫ちゃん、びっくりしちゃったのかな？」

陽葵ちゃんががっかりしている。でもすぐに顔を上げて元気に言った。

「陽葵、がんばって猫ちゃんの写真撮る！　だって猫ちゃん好きだもん！」

「そうだね。がんばろう！」

天海さんは一枚一枚大切にシャッターを切ってくれるなら、いくつでも好きなものを撮っていいと言っていた。

陽葵ちゃんの『好きなもの』はどれだけ見つかるだろう。

「あっ、また猫ちゃんみっけ！」

釣具屋さんの前で昼寝をしているのは、まるまると太った茶トラ猫だ。この町は漁港が近いこともあり、野良猫が多いのだ。

「陽葵ちゃん、そうっと近づいてみよう」

「うん」

ふたりで中腰になって、そろそろと猫に近づいていく。茶トラは、ちらりと面倒くさそうにこちらを見たあと、すぐに丸くなってまた眠ってしまった。

「陽葵ちゃん、いまがチャンスだよ」

小声で伝えると、陽葵ちゃんはぎこちない手つきでカメラを構えた。ピントはカメラが合わせてくれるから、陽葵ちゃんでもシャッターを押すだけで撮れるはず。

真剣な表情で、陽葵ちゃんがファインダーをのぞいている。天海さんに言われたとおり、目の前の猫をじっと観察しているのだ。

猫はさっきからずっと眠ったままだ。陽葵ちゃんはそんな猫に向かってシャッターを切った。

「撮れた！」

思わず叫んでしまった陽葵ちゃんの声に、猫は迷惑そうに起き上がり、のそのそとどこかへ行ってしまった。

「撮れたよ！　お姉ちゃん！」

「うん、撮れたね」

「見たい！　陽葵の撮った写真、見せて！」

ああ、そうか。陽葵ちゃんはデジカメしか使ったことがないから、写真はすぐに見られるものと思っているのだ。

けれどこれはフィルムカメラ。ひと手間をかけないと、撮った写真を見ることはできない。

私は陽葵ちゃんの前にしゃがみこんで説明する。

「陽葵ちゃん、このカメラの写真は、すぐには見られないんだ」

「え、そうなの？」

「うん。あとでお兄さんに頼んで見られるようにしてもらおうね。どんな写真が撮れているか、楽しみだね」

「うん！　楽しみ！」

陽葵ちゃんがにこっと笑った。陽葵ちゃんの笑顔を見ていると、こちらまで幸せな気持ちになる。

「あっ、鳥さん飛んでる！」

陽葵ちゃんが叫んで、またカメラを向けた。

私も一緒に顔を上げると、青く澄んだ空を一羽の海鳥がすうっと横切っていった。

「あー、行っちゃったぁ……」

「動くものは難しいね」

がっかりしている陽葵ちゃんに声をかけたが、陽葵ちゃんはまだ空を見上げている。その視線の先に鳥はもういなくて、ただ青い空をじいっと見つめているのだ。

「陽葵ちゃん？」

陽葵ちゃんはくるっと私のほうを向いて話しはじめた。

「陽葵のママね、お空にいるんだって」

「え？」

「死んじゃった人はね、お空に行っちゃうんだって。パパが言ってた」

「そうかぁ……」

うなずいた私の隣で、陽葵ちゃんはカメラを構えた。そしてファインダーから空をのぞく。

「ママ、どこにいるのかなぁ……見えないなぁ……」

陽葵ちゃんはカメラをのぞいたまま、空を見回している。

「そうだね。ここからは見えないね。でもきっとママはお空から、陽葵ちゃんのことを見ていると思うよ？」

「えっ、そうなの？　ママは陽葵のこと見えるの？」

陽葵ちゃんが空から目をそらし、私の顔を見る。

「うん。きっとそうだよ。陽葵ちゃんは元気かな？　いっぱいご飯食べているかな？　にこにこ笑っているかなって、ママは見てくれているんだよ。お姉ちゃんは、そう思うな」

「そうかぁ。ママはお空から陽葵のこと、見てるのかぁ」

もう一度しっかりと、陽葵ちゃんはカメラを構えた。そしてそれを上に向け、ファインダーをのぞき込む。

そのままゆっくりとカメラを動かし、海の上でそれを止めた。そしてしばらくじっと観察したあと、一回だけシャッターを切った。

それから陽葵ちゃんと散歩をしながら、いろいろなものを撮影した。

道端に咲いている、小さな黄色い花。陽葵ちゃんはママと買い物帰りに、花を摘んだ話をしてくれた。ママは黄色い花が大好きだったという。

海辺の公園にある、誰も乗っていないブランコ。遊具の中で一番好きなのは、ブランコだと陽葵ちゃんは言った。公園に行くといつもママが背中を押してくれたそうだ。写真を撮ったあと、ブランコに乗った陽葵ちゃんの背中を押してあげた。陽葵ちゃんは風に吹かれながら、うれしそうに声を上げて笑ってくれた。

防波堤の先端には赤い灯台が立っている。

「『灯台』って知ってるよ。夜になると灯りがついて、船に場所を教えてあげるんだよね」

「よく知ってるね、陽葵ちゃん」

「うん！　海に遊びに行ったとき、ママが教えてくれたんだ」

陽葵ちゃんの思い出の中には、いつだってママがいる。だけどもう、陽葵ちゃんの帰る場所に、大好きなママはいないのだ。

灯台の写真を撮っていたら、町のスピーカーから流れるメロディーが聞こえてきた。ふたりとも夢中で撮影をしているうちに、もう夕方になっていたのだ。

「そろそろ帰ろうね。もうパパが来ているかも」

すると、灯台に向けてシャッターを切った陽葵ちゃんが、不満そうな顔をする。

「陽葵、まだ帰らないよ。ママに会うまで帰らない」

「そうだね。パパにもちゃんと話してあげるから大丈夫だよ」

けれど陽葵ちゃんは憂鬱そうだ。そんな陽葵ちゃんの手を引いて、私は写真館への道を戻った。

見慣れた妹尾写真館の前には、一台の車が停車していた。

「パパの車だ」

陽葵ちゃんが言う。店に入ると、天海さんと話していた男の人が振り向いた。眼鏡をかけてスーツを着た、真面目そうな感じの人だ。

「陽葵！」

「パパ……」

そこにいたのは、やっぱり陽葵ちゃんのお父さんだった。

「どうしてこんなところまでひとりで来たんだ。パパに言わないで……駄目じゃないか」

そう言ってお父さんは、陽葵ちゃんの前にしゃがみ込む。

「だって……パパは連れてきてくれないでしょ？　だから陽葵ひとりでママに会いに来たの」

「陽葵……ママにはもう会えないんだよ」

お父さんが陽葵ちゃんの両腕をつかんで、首を横に振る。

「死んだ人にはもう会えない」

「ううん、会えるよ。ここでママに会えるって、カメラのお兄ちゃんが言った」

陽葵ちゃんが顔を上げて、カウンターの向こう側にいる天海さんを見る。お父さんも後ろを振り返り、あきれたような顔つきで立ち上がる。

「娘に馬鹿なことを吹き込むのはやめてもらえませんか？　まだこの子は、夢みたいなことも信じてしまうんですから」

「夢なんかじゃありません」

私はお父さんに向かって口を開いていた。

「さっきも申し上げましたが、あの広告は冗談ではないんです。本当に当店の二階のスタジオで、亡くなった方と一度だけ写真が撮れるんです」

「そんな馬鹿な……」

お父さんが笑って、陽葵ちゃんの手を握る。

「この度は娘が大変ご迷惑をおかけしました。すぐに連れて帰りますので。さぁ、陽葵、帰るぞ」

「やだっ！」

陽葵ちゃんは首から下げたカメラを両手で持ったまま、私の後ろに逃げ込む。

「陽葵。わがままを言うんじゃない」

陽葵ちゃんが私の服をつかんで、首を横に振る。

「陽葵！　いつからお前はそんな悪い子になったんだ？　こっちに来なさい！」

お父さんが陽葵ちゃんに向かって手を伸ばす。私はそっと、その手を振り払った。

「待ってください」

お父さんは怪訝《けげん》な顔つきで私を見る。

「陽葵ちゃんは悪い子なんかじゃないです。すごくいい子ですよ。こんなに遠くまでママに会いに、ひとりで来たんですから」

「ママになんか、会えるわけないでしょう？　何度も言わせないでください」

「だったらどうしてお父さんは、この広告を捨てずにとっておいたのですか？」

私はポケットから、陽葵ちゃんが持ってきた新聞広告を差し出した。それははさみで丁寧に切り取られたものだ。これを陽葵ちゃんに見せたあと、お父さんは引き出しにしまってあった。

「馬鹿なことだと思うなら、切り抜く必要もなかったし、陽葵ちゃんに話す必要もなかったはずですよね」

「それは……」

「もしかしたらお父さんも、ここで奥さんに会えるかもしれないと、信じてくださったのではないですか？」

お父さんが黙り込んだ。そんなお父さんの顔を陽葵ちゃんが心配そうに見上げる。

「パパ……」

陽葵ちゃんの小さな手が、そっとお父さんの服を引っ張った。

「パパも一緒に、ママに会いに行こうよ。今日の夜、会えるんだよ」

「そんなことがあるわけない……」

つぶやいたお父さんの声に、天海さんの声が重なる。

「信じられないのも無理はありません。僕も最初は半信半疑でした」

お父さんが天海さんの顔を見る。

「でももう少しだけ、娘さんに付き合ってあげてもらえませんか？　撮ってきた写真も現像してあげたいですし」

私は陽葵ちゃんの顔をのぞき込んで言う。

「陽葵ちゃん、カメラを貸してくれる？　さっき撮った写真を見られるようにしてもらおう？」

「うん！」

陽葵ちゃんが首からカメラをとって、天海さんに渡した。

「いい写真が撮れましたか？」

「はい！　ママの写真を撮ったんだよ！」

「ママの写真？」

お父さんが顔をしかめる。

「うん。ママの写真だよ」

「それは楽しみです。プリントできるまでご飯でも食べて待っていてください」

「はい！」

元気よく返事をする陽葵ちゃんの後ろで、お父さんが深くため息をついた。

「お昼はね、猫ちゃんのオムライス食べたんだよ！」

「こら、陽葵、お行儀よくしていなさい」

部屋に上がってはしゃぐ陽葵ちゃんを、お父さんが注意する。

「なにからなにまで、申し訳ありません」

「いえ、全然かまわないですよ。陽葵ちゃん、お腹すいたでしょう？　お夕飯食べようね」

「いや、やっぱりそこまでしていただくのは……」

「でもご飯はできているので、よかったら食べていってください。と言っても、私が作ったんじゃないですけど」

私はそう言って苦笑いをする。私と陽葵ちゃんが外へ出ている間に、天海さんが夕飯の支度をしてくれていたのだ。毎度のことながら頭が下がる。

「あ、申し遅れましたが、私は妹尾つむぎといいます。この妹尾写真館は、亡くなった祖父が経営していました」

「私は野中《のなか》です。野中康平《こうへい》。妻は半年前に亡くなり、いまは娘の陽葵とふたりで暮らしています」

お父さんの康平さんが、隣に座った陽葵ちゃんを見る。私はふたりの前でうなずくと、立ち上がって言った。

「いま支度するので、ちょっと待っていてくださいね」

私は台所からカセットコンロを持ってくる。それを座卓の真ん中に置き、鍋をのせた。今日の夕食は、肉団子と野菜がたっぷり入ったちゃんこ鍋だ。少しすると、お鍋がぐつぐつと煮立ってきて、部屋の中がふわっと暖かくなってくる。

「わぁ、お鍋だ！　お鍋だよ、パパ！」

「ああ、そうだな。ママがいなくなってから、鍋なんか作ったことなかったもんな」

「いつもお食事はどうしているんですか？」

「いや、いままで妻に任せきりで、まったく作ったことがなかったもので……だいたいスーパーのお惣菜《そうざい》を買ってくるか、冷凍食品ですかね」

「でも時々パパがチャーハン作ってくれるよ！　パパのチャーハンおいしいよ！」

康平さんが気まずそうに頭をかく。

「チャーハンしか作れないんです」

「でもおいしいなら十分ですよ」

私は陽葵ちゃんの分を取り皿にとって、それを渡した。

「はい、陽葵ちゃん」

「ありがとう！　いただきまぁす！」

陽葵ちゃんがふうふうと息を吹きかけながら、嬉しそうに肉団子を食べている。

康平さんはじっと、湯気《ゆげ》の立つ鍋を見つめる。

「どうぞ、お父さんも召し上がってください」

「パパも食べなよ！　おいしいよ！」

「ああ……では、いただきます」

康平さんが箸《はし》をとった。私はふたりの前にご飯をよそったお茶碗を置く。

三人で鍋を囲んで食べた。なんだかすごく不思議な気分だった。

「お姉ちゃん！　もっとお肉とって！」

陽葵ちゃんが立ち上がって、空《から》になったお皿を私に差し出す。

「こら、陽葵。お行儀悪いぞ。それに野菜も食べなきゃ駄目だ」

「食べてるもん。お姉ちゃん、とって！」

「こら、陽葵！」

「あ、私だったら大丈夫ですよ。陽葵ちゃん、とってあげるね」

私はお皿を受け取りながら、ちらりと康平さんの顔を見る。康平さんはため息まじりにつぶやく。

「本当にすみません。わがままばかりで」

「いえ、全然そんなことないですよ。陽葵ちゃん、しっかりしているし、はきはきと物怖じしない、いい子じゃないですか」

「……そうでしょうか」

康平さんはまた、隣に座った陽葵ちゃんを見る。私から取り皿を受け取った陽葵ちゃんは「ありがとう」と言って、ふうふうと息をかけながら食べはじめた。

「実は……自信がないんです」

「え？」

私は康平さんの顔を見つめる。康平さんは箸を置いて、顔をうつむかせた。

「いままで家事も子育ても、すべて妻に頼り切っていたもので……私ひとりでどうすればいいのか、まったく自信がないのです。それでつい陽葵には、厳しく接してしまうのですが……」

そうか、康平さんは、どうしたらいいのかわからないんだ。

「もう一度妻に会えるのなら、聞きたいことはたくさんあるのに」

そこまで言って、康平さんははっとした顔をする。

「いや、あなたたちの言ったことを信じたわけではないですよ。どんなからくりで陽葵を騙《だま》そうとしているのか知りませんが、私までは騙せません」

「騙すなんて、そんな……」

私は箸を置き、康平さんに言う。

「陽葵ちゃんのママに会えるのは本当です。ただしママに会えるのはたった一度、今日と明日の境目の十分間だけです」

私は天海さんに言われた言葉をそのまま伝えた。康平さんがじっと私の声を聞いている。

「あの広告に書いてあるのは、本当のことなんです。お父さんも奥さんに会いたいと思うなら、会うことができます」

「まさか……」

ふっと私から顔をそむけた康平さんに、陽葵ちゃんがつぶやく。

「パパ？　パパはママに会いたくないの？」

陽葵ちゃんの声に、康平さんはなにも答えなかった。


「お待たせしました」

なんとなく微妙な空気の中でご飯を食べ終わったころ、天海さんが戻ってきた。

「これが陽葵ちゃんの撮った写真です」

陽葵ちゃんの写した写真がプリントされて、座卓の上に並べられた。今日の写真は、鮮やかなカラー写真だ。

「わぁ……」

陽葵ちゃんと一緒に、康平さんもそれをのぞき込む。

「やっとお写真見られたね、陽葵ちゃん」

「うん！」

「上手に撮れてますよ」

天海さんの声を聞きながら、康平さんが黙って写真を手にする。

「これを陽葵が？」

「そうだよ！　さっきお姉ちゃんと一緒にお散歩行って、カメラで撮ったんだよ」

天海さんに褒められた陽葵ちゃんは、上機嫌だ。

康平さんは陽葵ちゃんが撮った写真を一枚ずつ手にとって眺め、その中のある一枚で動きを止めた。

「陽葵、この写真はなんだい？　空しか写ってないぞ？」

他のものには、動物や花や乗り物などが写っているのに、その写真は鮮やかな青い空だけが写っていた。

「それはママだよ」

「え？」

「お空にいるママを撮ったんだよ。ママはそこにいるよ」

康平さんは目を凝らして写真を見たあと、それを座卓の上に戻した。

「ママなんか写るはずないだろ」

「だってパパが、ママはお空に行ったんだって言ったでしょ。だから陽葵捜したの。カメラでお空見ながら、一生懸命捜したんだよ」

「でもこれはママじゃない」

お父さんが切り捨てるように言って、立ち上がる。

「陽葵。もう帰るぞ」

陽葵ちゃんは泣き出しそうな顔で、首を横に振る。康平さんはそんな陽葵ちゃんの腕をつかんだ。

「いつまでもお邪魔していたら悪いだろ。さぁ、立って。帰るんだ」

「やだぁ！」

叫んだ陽葵ちゃんの腕を、康平さんが引っぱろうとする。けれどその手は、天海さんの手につかまれた。

「離してあげてください」

康平さんが手をゆるめ、怪訝な顔つきで天海さんを見る。陽葵ちゃんは素早く康平さんから離れ、私に駆け寄ってきた。

「陽葵ちゃんは当店へ写真を撮りに来てくれたお客様です。僕はお客様の望み通り、写真をお撮りしたいと思います」

「なにを言っているんだ。陽葵、こっちに来なさい！」

けれど陽葵ちゃんは私にしがみついて、首を横に振った。

「やだ！　パパなんか嫌い！」

その言葉に、康平さんの動きが止まる。

「陽葵……」

「パパは嫌い。ママがいなくなってから、怒ってばかりいるんだもん。前はもっとやさしいパパだったのに」

康平さんが黙り込んだ。陽葵ちゃんは私に顔を押しつけてつぶやく。

「ママに……会いたい」

私はそんな陽葵ちゃんの体をぎゅっと抱きしめた。いつも笑顔の陽葵ちゃんの体が、私の腕の中で震えている。

康平さんは力が抜けたように、その場にしゃがみ込んだ。そしてひとり言のように、ぽつりとこぼす。

「パパだって……ママに会いたいよ」

私にしがみつくようにして、陽葵ちゃんが泣き出した。康平さんはその場で黙って、うなだれている。

奥さんを亡くしてしまった康平さんには、きっと余裕がないのだろう。仕事をしながら、慣れない家事や育児をする毎日。娘をしっかり育てなければという強い思いが空回りして、仲がよかった陽葵ちゃんとの間に溝ができてしまった。

ふたりの『ママに会いたい』想いは一緒なのに——

時計の針が十二時に近づいていく。

陽葵ちゃんは私の胸で泣いたあと、そのまま眠ってしまった。

「落ち着きましたか？」

熱いお茶を飲んで、深く息をはいた康平さんに私は言う。

「すみません。お恥ずかしいところを見せてしまいました」

「そんなことないです」

私は静かに首を振ったあと、時計を見上げる。

「どうされますか？」

康平さんが湯呑みを置いて、私を見る。

「奥様に、お会いしますか？」

私の声に康平さんは、座卓の上に置いてあった、青い空の写真を手にとる。

「ママはお空にいるか……」

康平さんがぽつりとつぶやく。

「子どもは素直でいいですね。なにも疑おうとしないで」

私は黙って康平さんの顔を見る。

「あの広告を見たとき、『まさか』という思いと、『行ってみたい』という思いがぶつかり合いました。子どものころの私だったら、迷わずここに来たと思います。でもやっぱりいまの私は『まさか』という思いのほうが勝《まさ》ってしまって……」

「でもあの広告は捨てられなかった」

「はい……まだ心のどこかで、信じたいと思っていたんだと思います」

康平さんは顔を上げると、困ったように笑った。

「駄目ですね。大人になると、素直になれなくて」

私は首を横に振る。

「でもいまならまだ間に合います。奥様に『会いたい』という気持ちがあるのなら」

康平さんは私をじっと見つめたあと、ふっと笑って言った。

「そうですね。ここまで来たら本当にそんなことがあるのか、この目で確かめてみるしかないですね」

私はうなずくと、眠っている陽葵ちゃんをやさしく揺り起こした。

「こちらです」

ふたりのお客さんを、二階のスタジオへ案内する。

寝起きの陽葵ちゃんは目をこすりながら、康平さんの腕に抱かれている。

二階の廊下は今夜も薄暗く、静まり返っていた。私と康平さんの足音だけが、暗闇の中に響き渡る。

「陽葵ちゃん、このドアの向こうでママに会えるよ。でも会えるのは十分間だけだからね。十分たったら、またママとお別れしなくちゃいけないんだけど、それでもいいかな？」

ドアの前で陽葵ちゃんに確かめる。陽葵ちゃんは康平さんに抱かれたまま、こくんとうなずいた。

「では、開けます」

私はふたりの前でドアを開いた。

「お待ちしていました、野中陽葵さん、野中康平さん」

天海さんの声が響いた。薄暗いスタジオの中、天海さんは今夜も黒いスーツを着て、カメラと三脚のそばに立っている。

「どうぞ奥へお進みください」

康平さんはちらりと天海さんを見てから、言われたとおりにゆっくりと進む。壁に掛けられたスクリーンの前には、今夜も椅子が置かれている。

「こちらの席に、おふたりの『会いたい人』を呼んでいただきます」

「会いたい人を呼ぶ……」

康平さんがつぶやいた。

「そうです。その椅子に手をかけて、会いたい人のことを想ってください」

康平さんが陽葵ちゃんを腕から下ろし、椅子の背に触れる。陽葵ちゃんも康平さんの真似《まね》をして椅子に触り、ぎゅっと目を閉じた。

私は両手を胸の前で組み、ふたりの姿を祈るように見つめる。

「それでは照明をつけます」

天海さんが撮影用のライトをつけた。スタジオの中がパッと明るい光に包まれる。

「ママ！」

叫び声を上げたのは陽葵ちゃんだ。

「陽葵！」

椅子から立ち上がった女性が、駆け寄ってきた陽葵ちゃんを抱きしめた。ショートヘアの似合う、明るい印象の人だった。

「そんな……嘘だ」

康平さんは椅子の背に手をかけたまま、呆然とその場に突っ立っている。

「嘘ではありませんよ」

そんな康平さんに天海さんが言った。

「あなたが会いたいと思ったから、奥様に会えたんです」

陽葵ちゃんを抱きしめながら、女の人が康平さんを見た。

「康ちゃん！」

康平さんはふらふらとした足取りで、ふたりのもとへ近づいていく。

「陽子《ようこ》……陽子なのか？　本当に？」

「そうだよ、陽子だよ。もう、しっかりしてよ、康ちゃん！」

陽葵ちゃんを隣に立たせ、陽葵ちゃんのお母さんである陽子さんは、康平さんの肩をぽんっと叩いた。

「陽葵。パパは本当にしょうがないね」

「うん。パパね、怒ってばっかりなんだよ。陽葵、そんなに悪い子かな？」

「ううん、陽葵はいい子。とってもいい子だよ」

陽子さんは陽葵ちゃんに頬ずりしてから、康平さんのほうを向く。

「悪い子なのは、パパのほうだね」

「陽子……」

陽子さんは怒った顔で、康平さんに言った。

「康ちゃん。あなたは陽葵のパパなんだよ。陽葵を泣かせたら駄目じゃないの」

「わかってるよ。わかってるから、ちゃんとやらなきゃって思ってるんだ。でもどうしたらいいのかわからなくて……」

そう言った康平さんを見て、陽子さんはふっと笑う。

「大丈夫。もっと肩の力を抜いて。全部ひとりでやろうと思わなくていいんだよ。いろんな人の力を借りてみて。どんなに頑張ったって、康ちゃんひとりで父親と母親のふたり分をできるわけないんだから」

康平さんがうつむいてしまった。陽子さんは明るく笑って、陽葵ちゃんに言う。

「陽葵。これからはママの代わりに、パパのことをよろしくね」

「はい！」

「おい、なんだよ、それ」

不満げな表情の康平さんの前で、陽子さんがにっこりと微笑む。

「ママはお空から、ふたりのことを見守っているから」

そのときスタジオの柱時計が、ボーンと音を立てた。『今日』が終わって『明日』が始まるのだ。

「あと五分です」

天海さんの声が響く。陽子さんの姿がわずかに透けてきている。

「ママ、やっぱりママはお空にいたんだね」

陽葵ちゃんの素直な声に、陽子さんが答える。

「そうだよ」

「陽葵もいつもお空を見てるからね。ママ、大好きだよ」

「うん。ママも陽葵のことが大好き」

そして陽子さんはもう一度、陽葵ちゃんの体を抱きしめた。陽葵ちゃんはくすぐったそうな顔をしながら、康平さんを見て言う。

「それからパパのことも、大好きだよ」

「陽葵……」

泣き出しそうな顔つきの康平さんに、陽子さんも笑いかける。

「私も。大好きよ、康ちゃん」

「お前ら……こんなところでそんなこと言うなよ」

康平さんが手を広げ、ふたりの体を抱きしめた。

「もっとたくさん、こうやっておけばよかったなぁ……」

陽葵ちゃんと陽子さんを抱きしめながら、康平さんが涙声でつぶやく。陽子さんの体はこの世とあの世をさまようように、透けたり現れたりを繰り返している。

三人がこうやって触れ合えるのは、今日が最後だ。これから康平さんは、陽葵ちゃんとふたりで、長い人生を生きていかなければならない。

「ありがとう、陽子。会えてよかったよ」

康平さんの声に、陽子さんが微笑んだ。陽子さんの明るい笑顔は、陽葵ちゃんとそっくりだ。きっと陽葵ちゃんも陽子さんのように、明るくて強い女性に成長することだろう。

「時間です」

天海さんが三人に言った。

「家族三人揃った、最後の写真をお撮りします」

その声に、私の胸が痛くなる。康平さんは涙を必死に拭っていて、陽葵ちゃんが「パパ泣かないで」となぐさめている。

「パパ、ママはいつもお空から見ててくれるから。大丈夫だよ」

「陽葵……」

「パパは本当に泣き虫だね」

陽葵ちゃんと陽子さんが顔を見合わせて笑っている。

「では並んでください」

椅子に座った陽子さんの隣に、陽葵ちゃんが並ぶ。そして康平さんが、その後ろに立った。

三人揃った、最後の家族写真だ。

「こちらを向いてください」

陽葵ちゃんと陽子さんが、天海さんのカメラに向かって笑顔を向ける。ふたりは本当に笑顔が似合う。そんなふたりの後ろで、康平さんは必死に涙をこらえている。

「ああ、いいお顔です」

天海さんが三人の前で、一度だけ、大切にシャッターを切った。


「……おはようございます」

朝、祖父の部屋に泊まった康平さんが、腫《は》れぼったい顔で居間に現れた。今日は日曜日で、会社はお休みだそうだ。

「おはよう、パパ！　陽葵ね、お兄さんと一緒に、ホットケーキ作ったんだよ！」

陽葵ちゃんがそう言いながら、台所からお皿を運んでくる。その上にのっているのは、バターとメープルシロップのかかったホットケーキ。たっぷりのフルーツとヨーグルトも隣に添えられている。

「陽葵が……作ったのか？」

「うん！　陽葵もうすぐ三年生だから、お料理だってできるよ」

「……そうか」

康平さんがふっと笑って、陽葵ちゃんを見る。

「じゃあ今度、陽葵に朝ご飯を作ってもらおうかな」

「いいよ！　来週の日曜日、陽葵がご飯作ってあげる！」

「楽しみだ」

小さくつぶやいた康平さんに、私は言った。

「康平さん、おはようございます。ここに座ってください」

「おはようございます。泊まらせてもらった上、陽葵より寝坊してしまってすみません」

康平さんは頭をかきながら、座卓の前に腰を下ろした。

「陽葵ちゃんが手伝ってくれたので、助かりました。これからはお父さんのことも、助けてくれると思いますよ」

天海さんが台所からコーヒーを運びつつ、そう言った。

「そうですね……これからは陽葵のことを、パートナーだと思うことにします」

きっと康平さんは、陽子さんに言われた言葉を思い出しているのだろう。

「他の人にも助けてもらえばいいと思いますよ。私がもっと近くに住んでいれば、お手伝いできるんですけど」

「ありがとうございます。そのお気持ちだけで十分です。これからはもっと余裕を持って陽葵を育てていきたいです。まだまだ妻のようには無理だけど」

康平さんはそう言って、隣に座った陽葵ちゃんの頭を愛《いと》おしそうになでた。

ホットケーキを食べ終わると、天海さんが一枚のモノクロ写真を持ってきた。陽葵ちゃんたち家族三人が写った、最後の写真だ。

「これは妹尾写真館から、おふたりへプレゼントです」

「ああ……」

康平さんが写真を手にとり、陽葵ちゃんに見せる。

写真の中には、笑顔の陽葵ちゃんと陽子さん、それから泣くのを必死に我慢している康平さんがいる。

「ママだね！」

「そうだな。本当にママに会えたんだな」

「だから言ったでしょ、パパ。ここでママに会えるって」

陽葵ちゃんの声に、また康平さんが苦笑いをする。

「人が亡くなっても写真は残ります。お母さんは陽葵ちゃんの成長を、ずっと見守ってくれていると思います」

天海さんの声に、康平さんがうなずく。

「パパ、陽葵この写真ももらったよ」

陽葵ちゃんが、青い空の写真を康平さんに見せる。康平さんはその写真を見て、陽葵ちゃんに言った。

「陽葵が撮った、ママの写真だな」

「うん！　パパにも見える？」

康平さんが写真を手にとり、じっと見つめる。

「ああ、パパにも見えるよ」

陽葵ちゃんは満面の笑みを見せると、康平さんの胸に飛び込んだ。康平さんは陽葵ちゃんの小さな体を抱きしめる。

「陽葵。こんなパパだけど、これからもよろしくな」

陽葵ちゃんは康平さんの顔を見上げて、もう一度にっこり笑うと「はい！」と元気よく手を上げた。

店を出て、車に乗り込むふたりを見送った。

「陽葵ちゃん、また遊びにきてね」

「うん！」

助手席に座った陽葵ちゃんが明るくうなずく。

「でも今度来るときは、ちゃんとお父さんに言ってから来てくださいね」

天海さんの言葉に、陽葵ちゃんは「はぁい」と返事をした。

「それではお世話になりました」

運転席の康平さんが、私たちに頭を下げる。

「ばいばい、お姉ちゃん、お兄さん」

「またね、陽葵ちゃん」

私が手を振ると、陽葵ちゃんもにこやかに手を振った。

ふたりを乗せた車がゆっくりと走り出す。空からは穏やかな日差しが降り注ぎ、海はキラキラと輝いている。

「行ってしまいましたね」

車が見えなくなるまで見送ると、天海さんの声が聞こえてきた。

「陽葵ちゃん、すごくいい子でしたね」

私は振り返って天海さんを見る。すると天海さんが私に言った。

「向日葵はいつも太陽のほうを向いているって言いますよね」

「え？」

突拍子《とっぴょうし》もない話をされて、私は首をかしげる。

「陽葵ちゃんは、向日葵のようです。明るくて太陽のようだったお母さんを、ずっと追いかけている」

「ああ……」

陽葵ちゃんが向日葵で、お母さんの陽子さんは太陽。陽葵ちゃんはこれからも、空を見上げてはお母さんのことを思い出すのだろう。

つらいときも、悲しいときも、そして嬉しいときも。

天海さんが黙って空を見上げた。私もその隣で同じように空を見る。

青く澄んだ空。私は写真でしか見た記憶のない、父と母のことを考える。

そしてもしかしたら天海さんも、誰かのことを想っているのかもしれない。

＊

やわらかな日差しが差し込む日曜日のキッチンに、おいしそうな匂いが漂う。

「パパー、パパのご飯はこのくらいでいい？」

三年生になったばかりの陽葵が、チキンライスの盛られた皿を僕に見せる。エプロン姿でキッチンに立つ陽葵は、最近ますます陽子に似てきた。

「ああ、そのくらいでいいよ」

フライパンからちょっと目をそらした僕のもとへ、陽葵が慌てて駆け寄ってくる。

「パパ！　ダメダメ！　卵、焦げてるよ！」

「え？」

「火が強すぎるんだよ！　もっと弱くしなくちゃ！」

「あ、そうか」

急いでコンロの火を弱めたけれど、フライパンの中の卵焼きは、きつね色を通り越して焦げ茶色になっている。

「もうー、パパは本当にしょうがないなぁ……」

　こんな生意気な口調も陽子にそっくりだ。

「ごめんごめん、これをご飯にのせればいいんだな」

　ぎこちない手つきで、焦げ茶色の卵焼きをチキンライスの上にかぶせる。陽葵がそれを猫の顔の形に整え、ケチャップで目と鼻とひげを描いた。

「できた！」

「できたな」

「茶色い猫ちゃんになっちゃったけどね！」

　陽葵がケチャップを持ったまま、おかしそうに笑う。

「パパ！　今度は陽葵に卵焼かせて」

「大丈夫か？」

「パパよりは上手にできるよ！」

　そう言って卵を割るしぐさは、たしかに僕より手つきがいい。

「頼りになるな。陽葵は」

「だって陽葵、もう三年生だよ」

　卵をしゃかしゃかとかき混ぜながら、陽葵は続ける。

「それにママに頼まれたんだもん。パパをよろしくねって」

目の奥がじんわりと熱くなって、小さな陽葵から視線をそらした。

日当たりのよい窓の近くに、額に入った写真が見える。あの不思議な写真館で撮ってもらった、三人の家族写真だ。

陽子。陽葵はしっかりと成長しているよ。君に似て、ちょっと生意気だけどね。

だから僕も頑張るよ。まずは卵焼きをうまく作れるように。

「パパ、見て！　上手にできたよ！」

陽葵が黄色い卵焼きをご飯にかぶせ、得意げに笑う。

「ああ、パパよりよっぽど上手だな」

「こっちのオムライス、パパにあげるね」

陽葵がそう言って、黄色い卵に猫の顔を描く。そして両手でお皿を持ち、僕の前に差し出した。

「パパ、お料理の練習、もっとがんばってね」

「はい」

苦笑いした僕の前で、僕の小さいパートナーが向日葵のような笑顔を見せた。

第三章
最後のメロディー

SENOO PHOTO STUDIO
Minase Sara Presents

私が実家に戻り、一週間が経った。天海さんは今日も変わらず、店を開けている。

しかしその間、陽葵ちゃん親子以外のお客さんはたったふたりだけ。

ひとり目は、運転免許の更新に行くからと、証明写真を撮りにきた釣具店の陽気なおじさん。

二階のスタジオで、あまり面白くない親父ギャグを連発していたが、それに笑顔で付き合いながら写真を撮る天海さんは、なかなかのプロだと思った。もうすぐお孫さんが生まれるというおじさんは「孫が生まれたら、また来るよ」と言って、上機嫌で帰っていった。

ふたり目は、量販店で買ったばかりのデジカメの使い方がわからなくて、教えてほしいと訪ねてきた近所のおばさん。

いや、おばさんに至っては、料金をいただいているわけでもないから、お客さんとも言えないか。

それでも天海さんは、親切にわかりやすい言葉でカメラの使い方を説明してあげて、おばさんも大満足で帰っていった。そういえば祖父もよくこういうことをしていた。簡単なカメラの修理をすることもあって、近所の人たちに喜ばれていた。

たしかに天海さんは、祖父のやっていた仕事を受け継いでいるようだ。

だけど祖父のいなくなったいま、この人はこれからどうするつもりなのだろう。

あの真夜中の仕事は、どうなるのだろう。

『つむぎさんはこの妹尾写真館の後継者ですけど……』

天海さんに言われた言葉が頭をよぎる。

私がこの店の後継者？　無理だ。無理に決まっている。

頭をふるふると振りながら、店の前をほうきで掃《は》く。冷たい風が吹き、せっかく集めた落ち葉がカサカサと散らばっていく。私はまたそれを集める。

今日もお客さんはひとりも来なかった。店の前にも人通りはなく、黒い野良猫が悠々と通りすぎていく。

「はぁ……」

どうしたらいいのかわからず、小さくため息をついたとき、誰かに声をかけられた。

「すみません」

私は声のする方向を向く。

「妹尾写真館っていうのは、こちらですか？」

そこには制服を着た高校生くらいの女の子が立っていた。

紺色のブレザーにチェックのスカート。黒く長い髪をポニーテールにして、手には細長い楽器ケースのようなものを持っている。目鼻立ちのはっきりした、賢そうな子だ。

「ええ。そうです」

笑顔で返事をしてから、女の子の姿をもう一度見る。

学校帰りだろうか。このあたりでは見慣れない制服だが……

すると女の子は手帳の中から一枚の紙を取り出し、真剣な顔つきで私に見せた。

「これを見て、来てみたんです」

「あっ……」

私は思わず声を上げてしまった。

『帰らぬ人との最後の一枚、お撮りします。妹尾写真館』

それは陽葵ちゃんが持っていたのと同じ、天海さんが出したという新聞広告だった。

「いらっしゃいませ。お客様ですね？」

私の後ろから声がかかる。振り返ると天海さんが、いつもの穏やかな表情で立っていた。

女の子は私に差し出した広告を、天海さんにも見せる。

「これはどういうことですか？　帰らぬ人との最後の一枚って……亡くなった人に会えるってことですか？」

「はい。そうです」

平然と答える天海さんを見て、女の子が顔をしかめる。

「嘘でしょ……そんなの、ありえない……」

「信じられないかもしれませんが、本当のことなんです。そうですよね？　つむぎさん」

天海さんが急に視線を振るから、私は慌ててうなずいた。

「はい。お客様が会いたいと思えば会えるんです。この店の二階のスタジオで。ただし、その人に会えるのはたった一度。今日と明日の境目の、十分間だけですが」

「十分間だけ……」

女の子が私の言葉を繰り返し、持っていたケースを胸に抱いた。かすかに震えているその姿を見てしまったら、声をかけずにはいられなくなった。

「あの、ここに来てくれたということは、お会いしたい方がいるってことですよね？」

女の子はじっと足元を見つめている。

「もしよかったら、中でお茶でもいかがです？　ここは寒いですし……お話うかがいますよ？」

そう言いながら、私はなにをしているのだろうと、自分で自分にあきれてしまった。

これは写真館の仕事ではない。カウンセラーにでもなったつもりか。

だいたいどうしてこの写真館で、亡くなった人に会えるのか。それさえも私はわかっていないのに。

「アイスクリームもありますよ。一緒に食べましょう」

天海さんの声に、女の子がゆっくりと顔を上げる。そして写真館の看板を確認してから、

「ここは写真館ですよね？」と不思議そうに首をかしげた。

暖房の効いた暖かい部屋に女の子を招き、座布団の上に座らせる。

きちんと正座をし、体を硬くしていた女の子は、天海さんの作ったバニラアイスを一口食べた途端、目を丸くした。

「これ、手作りなんですか？」

「そうですよ。濃厚でしょう？」

「いままで食べたアイスの中で、一番おいしいです」

「ありがとうございます」

天海さんは小さく微笑んで、急須でお茶を淹《い》れる。

「アイスが甘いので、ちょっと渋いお茶が合うと思いますよ」

そう言って天海さんが、女の子と私にお茶の入った湯呑みを差し出した。ひんやり冷えたお腹に温かいお茶がじんわりと染み込んで、ほうっとため息が漏れる。

「すごくよく合いますね」

「うん。とっても」

私もつい同意して、女の子と顔を見合わせてしまった。あまりにも天海さんの手作りアイスと、濃い目の緑茶がおいしかったから。

しかし私は、女子高生とまったりお茶を飲んでいる場合ではないのだ。姿勢を正した私は、前に座る女の子にあらためて告げる。

「私は妹尾つむぎといいます。ここは祖父が経営していた写真館でした。でも祖父は一週間ほど前に亡くなってしまって……」

その言葉に、女の子がはっとした表情を見せる。そんな彼女に天海さんが言う。

「僕は天海です。いまはつむぎさんのおじいさんの代わりに、僕が写真を撮らせていただいています」

女の子は天海さんの顔を見たあと、湯呑みを静かに置いてつぶやいた。

「私は清武《きよたけ》かすみです。高校二年生。学校が終わったあと電車を乗り継いで、二時間かけてここまで来ました」

「え、二時間も？」

私の声にかすみちゃんがうなずく。

「あの広告を偶然見つけてから、ずっと気になっていたんです。でも亡くなった人に会えるわけないと思って、切り抜きは手帳に挟んだままだったんですが……」

「来てみようと思ったんですね？　今日、ここに」

天海さんがかすみちゃんを見つめて言う。

「はい。どうしたらいいのか、もうわからなくて」

かすみちゃんがアイスのスプーンを静かに置いた。そしてそばに置いてあるケースを見下ろす。

「それはなんですか？」

私がたずねると、かすみちゃんは答えてくれた。

「フルートです。吹奏楽部に入っているので」

かすみちゃんは指先でフルートのケースをなぞりながらつぶやく。

「今度、演奏会があるんです。それで私がソロを吹くことになっているんですけど……今日部活に行こうと思ったら、足がすくんで動かなくて……」

指の動きを止めたかすみちゃんがうつむく。

「フルートも上手く吹けないんです。ソロどころか、普段の練習もままならない。このままでは、部員のみんなにも迷惑をかけてしまうと思ったんです」

「それでここに来たんですね？　会いたい人に会うために」

天海さんの声に、かすみちゃんがぎゅっと唇を噛んだ。私はそんなかすみちゃんにたずねる。

「かすみちゃんの会いたい人のこと……聞いてもいい？」

しばらく黙り込んだあと、かすみちゃんが小さくつぶやく。

「私が会いたいのは梨乃《りの》です。新庄《しんじょう》梨乃。二か月前に交通事故で亡くなった、私の大事な友達です」

胸が締めつけられるように痛む。突然の事故で友人を亡くした彼女のショックは、どれほどのものだろう。

「高校に入って知り合った梨乃は、クラスも部活も楽器も同じでした。初心者だった梨乃に、フルートを教えてあげたのは私。私は小さいころからピアノを習っていて、中学のころも吹奏楽部でフルートを吹いていたからです。友達が少なかった私ですけど、梨乃とずっと一緒にいるうちにとても仲良くなれました」

かすみちゃんはそこまで言うと、深く息をはいた。私と天海さんは黙ったまま、彼女の声を聞く。

「梨乃はどんどん上達していきました。最初は音も出せなかったのに、他の子たちより上手くなって、顧問の先生にもすごく褒められるようになりました。でも梨乃は、うぬぼれたり、調子に乗ったりすることなく、『かすみのおかげだよ』って、いつもにこにこしていました。いい子なんです、梨乃は、すごく……」

私はうなずいた。ふたりが一緒にフルートを吹いている姿が頭に浮かぶ。

「だけど私は……」

かすみちゃんが振り絞《しぼ》るように声を出す。

「私は全然いい子じゃなかった」

「かすみちゃん？」

苦しそうに顔を歪《ゆが》めるかすみちゃんの背中に、私はそっと触れた。その背中はかすかに震えている。

「演奏会のソロに、先生が梨乃を抜擢《ばってき》したんです。いつも私が選ばれていたのに。みんなの拍手に包まれて、照れくさそうに笑っている梨乃が、私は憎くて仕方なかった。きっとその前からずっと、私の中にはそういう感情があったんだと思います」

うつむいたまま、かすみちゃんは膝の上のスカートをぎゅっと握りしめる。

「梨乃は言ってくれたんです。ソロが決まった日、私のところに来て『かすみ、ありがとう』って。でも梨乃の素直な笑顔を見ていたら無性に腹が立って、つい口走っちゃったんです。『梨乃は先生のお気に入りだもんね』って」

私の耳に、かすみちゃんの苦しそうな声が響く。

「もちろん先生は平等に私たちを見てくれていたのに……ただ私の力が梨乃より劣っていただけなのに……そのまま梨乃と別れて家に帰って、夜遅くに連絡を受けたんです。梨乃の乗っていたバスが事故を起こして、それで梨乃が……」

かすみちゃんが両手で顔を覆って、崩れ落ちた。

「かすみちゃん……」

私はその背中を手でなでる。かすみちゃんは顔を伏せたまま、声を震わせる。

「私、忘れられないの。私がひどいことを言ったあとの梨乃の顔。いつも笑顔だった莉乃が、怒っているような泣いているような、見たことのない顔をしていて……そのときに謝ればよかった。謝って一緒に帰ればよかった。そうすればあんな遅い時間のバスに、梨乃が乗ることはなかったのに」

「どうして梨乃さんは、遅い時間のバスに乗っていたんですか？」

ずっと黙っていた天海さんが口を開いた。かすみちゃんは黙り込んだあと、静かに答える。

「練習していたそうです。ソロの。『かすみに認めてもらえるようにもっと頑張る』って言っていたと、あとで先生から聞きました。そんな梨乃にどうして私はあんなこと……」

背中を丸めたかすみちゃんがつぶやく。

「梨乃に……謝りたい」

その声が私の耳に沁《し》み込んでくる。

「もう一度梨乃に会って、あの日のこと、ちゃんと謝りたい」

「できますよ」

天海さんが言った。

「この店でなら、会いたい人にもう一度だけ会って、想いを伝えることができます」

顔を上げたかすみちゃんが、天海さんの顔を見る。

「本当に？」

「本当ですよ」

かすみちゃんはしばらく天海さんを見つめたあと、またうつむいてしまった。

「かすみちゃん……」

少しのすれ違いが、思いもよらない未来を作ってしまうことがある。それがその人の運命なのだと言ってしまえばそれまでだが……そんな言葉、いまの彼女にはまだ受け入れられないだろう。

「亡くなった方に会えるのは、今夜十一時五十五分から十二時五分まで。まだ時間があるのでよく考えてください」

天海さんはそう言うと、立ち上がって部屋を出て行った。私はうつむいたままのかすみちゃんに声をかける。

「よかったら少し外を歩かない？　気分転換に」

目元をこすったかすみちゃんが、ゆっくりと視線を上げた。

外は陽が暮れかけていた。目の前の海はオレンジ色に染まり、さっきよりもさらに冷えた風が、かすみちゃんのポニーテールを揺らす。

「ごめんね、ちょっと寒かったね」

風になびく髪を押さえながら私が苦笑いすると、かすみちゃんも少し笑ってくれた。

「大丈夫です」

そう言ってかすみちゃんが堤防の向こうの海を眺める。

「久しぶりです。海を見たのなんて」

「なんにもないところでしょう？」

「いえ、すごく綺麗なところです」

でも姿勢よく、まっすぐ海を見つめているかすみちゃんの横顔のほうが、私には綺麗に見えた。そしてかすみちゃんの吹くフルートの音色も、きっと綺麗なんだろうなと、なんとなく思う。

「フルート吹けるなんて羨ましいな。私はまったく楽器ができないの」

かすみちゃんが、ポニーテールを揺らして首を振る。

「そんなことないですよ。私の母がピアノ講師だったから、自然と音楽をやってきただけで。私にとっては言葉でコミュニケーションをとるより、音を奏でて伝えたほうが楽なんです」

「すごい。かっこいい！」

「梨乃にも言われました。はじめて会ったころ。私のこと、『すごいね』って」

そう言ってかすみちゃんは、困ったように笑う。

「でも私の母は厳しかったので、正直レッスンは嫌いでした。褒められたことなどなくて、ただ惰性《だせい》のように続けていたんです。それが梨乃に会って、音を奏でるのが楽しくなりました」

かすみちゃんは一度息をはいてから続ける。

「はじめて会ったころの梨乃は、ほんとうに下手くそだったんですよ。でもなにか少しでもできるようになると、めちゃくちゃ感動して、嬉しそうに言うんです。『かすみちゃん、教えてくれてありがとう』って、満面の笑みで。梨乃は私と違って、気持ちを素直に伝えることができるから」

かすみちゃんの隣で私はうなずく。

「きっと梨乃ちゃん、本当に嬉しかったんだね。自分が上手くなっていくことと、かすみちゃんに教えてもらうことが」

「私も……嬉しかったです」

かすみちゃんが懐かしそうに遠くを見つめる。

きっとかすみちゃんは梨乃ちゃんを支え、梨乃ちゃんもかすみちゃんを支えていたんだと思う。お互いがお互いを必要としていたのだ。

「それなのに私……どうしてあんなこと……」

「後悔してるんだよね？」

「はい……あの日から食事もほとんど食べられないし、夜もあまり眠れないし、フルートも吹けなくなって……」

うつむいたかすみちゃんがため息をつく。

「大人はみんな、口をそろえて言うんです。『梨乃ちゃんの分までしっかり生きてね』って。でも私はしっかりなんて生きられない」

「かすみちゃん……」

かすみちゃんがまた目元をこする。私はそんなかすみちゃんに言う。

「でもかすみちゃんは自分で考えてここまで来たよね？　梨乃ちゃんに謝ろうと思って。それだけだってすごいことだよ。だって怖いもの。人に謝るのって」

かすみちゃんがゆっくりと顔を上げる。

「だから無理しないで。少しずつ、自分のできることをしていこう。私、かすみちゃんなら大丈夫だと思う」

悩みながらも、しっかり自分のことと友人のことを考えている彼女なら。

かすみちゃんがじっと私の顔を見ている。私はそんなかすみちゃんに笑いかける。

「やっぱりお店にもどろうか。ここは寒いね」

背中を丸めて腕をさする私を見て、かすみちゃんが小さく微笑む。

冬の日暮れは早い。あっという間にあたりは薄暗くなってくる。穏やかな海も闇の中に包まれていく。

「もう暗くなってきたし、お腹も減ったでしょう？」

学校のあと、二時間もかけてここまで来たんだから。

でもかすみちゃんは困ったような顔をしている。私はそんなかすみちゃんの手を引く。

「きっといまごろ、天海さんが夕食作ってくれてると思うんだ」

「えっと……天海さんは写真屋さんですよね？」

かすみちゃんの声に、私は苦笑いをした。

「そうだと思うけど、実は私もよく知らないの」

「ええ？」

かすみちゃんは驚いたような声を出してから、ほんの少しだけ頬をゆるめた。

かすみちゃんを連れて写真館へ戻ると、思ったとおり、天海さんが夕食の支度をしてくれていた。

「お待ちしていました。お腹がすいたでしょう？」

部屋の座卓の上には、三人分の食事が用意されている。なめらかなホワイトソースの上に、こんがり焼けたチーズの乗ったマカロニグラタン。それに鮮やかな色合いの野菜サラダ。チーズやクリームの匂いが鼻をくすぐる。

「私の分まで……」

「もしお友達と会うつもりでしたら、ここに泊まっていったらどうです？　明日は土曜日だから、学校はお休みでしょう？　おうちの方にはちゃんと連絡してくださいね」

「そこまでしていただいたら申し訳ないです……」

かすみちゃんが首を振る。

「大丈夫ですよね？　つむぎさん」

「うん。うちは大丈夫だよ」

天海さんはかすみちゃんに笑いかけると、「お茶を持ってきます」と、部屋を出て行った。

私は黙り込んでいるかすみちゃんの肩をぽんっと叩く。

「とりあえずいただこうか」

私は「いただきます」と言って、スプーンをグラタンに入れた。ふわっと白い湯気が上がり、見るだけで暖かくなる。

口に入れると、チーズの香ばしさとソースのクリーミーさが、とろりと混ざり合った。

「おいしい！　これおいしいよ。かすみちゃんも食べてみて？」

かすみちゃんはそっとスプーンを持って、グラタンを口にする。はふはふと口を動かしているうちに、かすみちゃんの顔つきがやわらかくなった。

「すごく、おいしいです。体も温まりますね」

「なにか食べておいしいって思ったのは久しぶりです。最近ずっと食欲がなくて。あ、さっきのアイスもおいしかったです」

そう言ってかすみちゃんは、寂しそうに口元をゆるめる。

「でもおいしいものを食べると、どうしても考えちゃうんです。なんで私、ご飯なんか食べているんだろうって。梨乃がいなくなったのに……私はどうして平然としていられるんだろうって」

「かすみさんは……」

お茶を用意して戻ってきた天海さんが言う。

「お友達がもうできないことを、自分だけが楽しむなんて彼女に悪いと思っているかもしれませんが、そうではないんです。いまできることをやらないで、いつまでたっても前に進まないほうが、よっぽど彼女に失礼です」

かすみちゃんは黙って、天海さんの顔を見つめている。

「まぁ、僕もそんなに偉そうなことは言えないんですけどね」

かすみちゃんの頬がかすかにゆるむ。

「そうですね……きっと梨乃に怒られますね」

もう一度笑ったかすみちゃんがグラタンを口に入れる。そしてひとり言のようにぽつりとつぶやいた。

「私、梨乃に会いたいです。梨乃に会って、いまの気持ちを伝えたい」

私と天海さんは、かすみちゃんの顔を見る。

「でもたった十分間で、自分の想いを伝えられる自信がないんです」

うつむくかすみちゃんの隣に、フルートのケースが置いてあった。それを見た私は、思ったことを口にする。

「だったら音で伝えるのはどうかな？　かすみちゃんは言葉より音を奏でたほうが伝えられるって言ったよね」

「え、でも……」

かすみちゃんが戸惑っている。

「きっとかすみちゃんならできるって、私は思うよ？」

「つむぎさん……」

しばらく黙り込んだかすみちゃんが、強い視線で顔を上げる。

「上手く伝えられるかわからないけど……いま私にできることをやってみたいと思います」

かすみちゃんの声に天海さんが答える。

「わかりました。それでは今夜十一時五十五分に、二階のスタジオでお待ちしています」

天海さんの声にかすみちゃんがうなずく。私はそんなかすみちゃんに笑いかける。

「じゃあとりあえずご飯を食べよう。おいしいものをいっぱい食べて、元気出そう」

「はい」

かすみちゃんが微笑んで、スプーンを手に取った。


家の人に連絡をして、かすみちゃんはうちに一晩泊まることになった。友達の家に泊まると言ったら、すんなり了承してくれたそうだ。

約束の時間が近づき、私はかすみちゃんを連れて、二階にあるスタジオへ向かう。

薄暗い廊下を歩いている間、かすみちゃんは緊張した様子で銀色のフルートを抱きしめていた。

「かすみちゃん。大丈夫？」

かすみちゃんがゆっくりと顔を上げる。

「ちゃんと梨乃ちゃんに想いを伝えられそう？」

真剣な表情で、かすみちゃんがうなずく。

「はい。やってみます」

私もうなずき、ドアノブに手をかける。

「じゃあ、開けるよ」

そう言って私は、思い切ってドアを開いた。


「お待ちしていました、清武かすみさん」

薄暗いスタジオの中、黒いスーツ姿の天海さんが言う。足が止まってしまったかすみちゃんの背中を、私はそっと押した。その細い背中は、かわいそうなくらい震えている。

「どうぞ奥へお進みください」

かすみちゃんがうなずいて、ゆっくりとスクリーンに向かって歩き出す。彼女の気持ちを想像すると、胸が痛くなる。

かすみちゃんは震えながらも、スクリーンの前にある椅子のそばまで、ひとりで進んだ。

「こちらの席に、かすみさんの『会いたい人』を呼んでいただきます」

天海さんの声が聞こえる。かすみちゃんはなにも言わない。

「椅子に手をかけて、会いたい人のことを想ってください」

かすみちゃんが素直に手を伸ばし、椅子の背に触れる。そして静かに目を閉じた。

私も胸に手を当て、薄闇の中に立つかすみちゃんの姿を、息を呑んで見守る。

「それでは照明をつけます」

天海さんが撮影用のライトをつけた。スタジオの中が明るい光に照らされる。

「あっ……」

かすみちゃんが短い声を上げた。椅子に座っているのは、かすみちゃんと同じ制服を着た女の子。外国人のような茶色いくせ毛の、かわいらしい子だ。

「梨乃……梨乃なの？」

椅子に座っていた子がゆっくりと立ち上がり、かすみちゃんに笑いかけた。

「うん。そうだよ、かすみ」

唇を震わせているかすみちゃんの前で、梨乃ちゃんが少し照れくさそうに言う。

「かすみ、私に会いに来てくれてありがとう」

かすみちゃんは梨乃ちゃんに一歩近づき、首を横に振った。

「梨乃……私……」

そこでかすみちゃんは声を詰まらせる。そんなかすみちゃんの前で梨乃ちゃんが口を開いた。

「かすみ、ごめんね？」

かすみちゃんがはっと顔を上げる。

「私がソロをやることになって、嫌な思いをしたよね？」

思いっきり首を横に振るかすみちゃんの前で、梨乃ちゃんは小さく微笑む。

「だって私にフルートを教えてくれたのはかすみだもんね。私はかすみのおかげで、ここまでできるようになった。なのに私がかすみからソロを奪っちゃったみたいで……かすみには申し訳ないって思ってる」

「そんなこと……」

泣きそうな声のかすみちゃんの前で、梨乃ちゃんがにっこりと微笑む。

「でもね。選んでもらったからには頑張ってやろうって思ったんだ。もっともっと上手くなって、かすみに褒めてもらえるくらいになりたいって思ったの」

かすみちゃんはじっと梨乃ちゃんを見つめている。

「だからあの日頑張って自主練して、次の日かすみに聴いてもらおうと思ってたんだ。それなのに……ごめんね？」

哀しそうに笑った梨乃ちゃんの背中を、かすみちゃんが勢いよく抱き寄せた。

「バカ！　梨乃のバカ！　なんで『ごめんね』なんて言うの？　謝らなきゃいけないのは、私のほうでしょう？」

かすみちゃんの手が、梨乃ちゃんの体をぎゅうっと抱きしめる。

「私、梨乃に嫉妬してたの。自分の力不足を認めようとしないで、ずっと梨乃に嫉妬してた。それであんなこと言っちゃって……ごめんなさい」

最後のほうは涙声だ。

「泣かないで……かすみ」

そっと体を離し、梨乃ちゃんがかすみちゃんの顔をのぞき込む。

「かすみが泣いたら、私も悲しくなるよ」

そう言って笑う梨乃ちゃんの目も潤《うる》んでいる。

そのときスタジオの柱時計が、ボーンっと音を鳴らした。

「あと五分です」

天海さんの声が無情に響く。よく見ると、梨乃ちゃんの姿がゆらゆらと透けて見える。

別れの時間が近づいているのだ。かすみちゃんがはっと顔を上げる。

「梨乃。私ね、梨乃にたくさん言いたいことがあるんだ。でも上手く言えそうにないから……」

かすみちゃんが持っていたフルートを見せる。

「聴いてくれる？」

梨乃ちゃんがふわっと笑顔になって、こくんとうなずく。かすみちゃんはゆっくりとフルートを持ち上げ、唇に当てた。

かすみちゃんが息を吸い込む。スタジオの中にフルートの音色が響き渡る。

その音は繊細で、やさしくて、そしてとても美しかった。

私はうっとりとそのメロディーを聴く。梨乃ちゃんもじっと、フルートを吹くかすみちゃんの姿を見つめている。

きっとこの曲には、ふたりにしかわからないたくさんの思い出が込められているのだろう。

天海さんもカメラのそばから、ふたりを見守るように見つめていた。

短い曲を一曲吹き終えると、かすみちゃんは恥ずかしげに梨乃ちゃんを見た。

梨乃ちゃんは幸せそうに微笑んでつぶやく。

「はじめてふたりで吹いた曲だね」

かすみちゃんがうなずいた。そして透けはじめた梨乃ちゃんの体を、もう一度抱きしめる。

「梨乃、もっと一緒に演奏したかったよ」

梨乃ちゃんも、そんなかすみちゃんの体を抱きしめた。

「そうだね……」

別れを惜しむように抱き合ったあと、ゆっくりと体を離した梨乃ちゃんが言う。

「でも私はこれからもずっと、かすみの音を聴いているよ」

かすみちゃんが涙をこらえながら、梨乃ちゃんを見つめる。

「時間です」

天海さんの声がスタジオ内に響いた。時計の針は、十二時五分をさそうとしている。

「写真を撮らせていただきます。おふたりとも、並んでください」

梨乃ちゃんがかすみちゃんに笑いかける。

「かすみ、私ね……かすみの音、大好きだよ」

「私は……」

梨乃ちゃんに向かってかすみちゃんが口を開く。

「私は梨乃の、明るくて華やかな音が大好きだった」

梨乃ちゃんの表情がくしゃっと崩れる。

「ありがとう、かすみ。嬉しい」

うなずいたかすみちゃんは今にも泣き出しそうだ。

「おふたりとも、こちらを向いてください」

梨乃ちゃんが、かすみちゃんの手にそっと触れた。かすみちゃんはその手を離さないようにぎゅっと強く握りしめる。

「では撮ります」

静まり返ったスタジオに、かすみちゃんのかすれる声が聞こえた。

「梨乃、私頑張るね。梨乃に褒めてもらえるように」

梨乃ちゃんがやわらかく微笑んで、かすみちゃんの手を握り返した。かすみちゃんはまっすぐ前を向き、笑顔に涙を光らせる。

「ああ、とてもいいお顔です」

フラッシュが眩しく瞬《またた》いて、シャッターが一度だけ切られる。

そして次の瞬間、かすみちゃんと手をつないでいた梨乃ちゃんの姿は、そこにはなかった。


「え、お粥《かゆ》ですか？」

翌朝。祖父の部屋に泊まって起きてきたかすみちゃんは、朝の食卓を見た瞬間、首をかしげた。

「お粥って、病気のときに食べるものだと思っていました」

「朝も食べるよ。朝粥って言うでしょう？」

座卓の上にあるのは、天海さんが土鍋でコトコト炊《た》いてくれた、真っ白なお粥。トッピングに梅干し、薬味ねぎ、海苔の佃煮《つくだに》、それに温泉卵などが並んでいる。

「朝粥は健康にも美容にもいいんですよ」

天海さんがお粥をよそいながら、かすみちゃんに話す。

「そうなんですね。朝は食欲なくて、抜くことが多かったんです」

「だったらぜひ、食べてみてください」

天海さんに勧められて、かすみちゃんがお粥を口にする。

「わぁ、トロトロのふわふわ。おいしい！」

かすみちゃんの声を聞きながら、私も一口食べてみる。やさしい味がお腹の中に、じんわりと染み渡る。

「うーん、おいしい」

天海さんは私たちを見て穏やかに微笑むと、トッピングを指さした。

「よかったらこれをのせて食べてみてくださいね。味が変わっていくらでも食べられますよ」

私は梅干をのせ、かすみちゃんは温泉卵をのせた。その上に刻まれたねぎを振りかける。

「ふわぁ、あったまる」

幸せそうにそう言ったかすみちゃんだったが、目元は腫れぼったい。もしかしてひとりで泣いていたのかもしれない。

「おいしいものを食べると幸せになれますよね。これからもたくさん、おいしいものを食べてくださいね」

天海さんの声にかすみちゃんが、お粥を頬張ったままこくんとうなずいた。

食事が終わったかすみちゃんに、天海さんが小さな額に入った写真を差し出した。

「これをどうぞ」

「え……」

「妹尾写真館から、かすみさんへプレゼントです」

かすみちゃんがおそるおそる手を伸ばし、写真を受け取る。モノクロの写真の中では、かすみちゃんと梨乃ちゃんが手をつないで写っていた。

「梨乃……」

かすみちゃんが、ふわりと頬をゆるめる。

「ふたりともかわいく撮れてるね」

写真をのぞき込んでそう言うと、かすみちゃんが恥ずかしそうに微笑んだ。そんなかすみちゃんに天海さんが声をかける。

「人が亡くなっても写真は残ります。いつまでも大事な親友のことを、忘れないでいてあげてくださいね」

「はい」

かすみちゃんが私たちに向かって、笑顔を見せた。

明るい朝の日差しの中、制服姿で店を出て行くかすみちゃんを見送る。胸には大事なフルートケースを抱えている。

「つむぎさん、天海さん、ありがとうございました」

しっかりと背筋を伸ばしたかすみちゃんが、私たちの前で丁寧に頭を下げる。

「フルート、これからも頑張ってね」

私の声に「はい」と返事をしたあと、かすみちゃんが言う。

「あの、もしよかったら今度の演奏会、おふたりで聴きに来てもらえませんか?」

心配そうにたずねるかすみちゃんに、私は笑いかける。

「もちろん! かすみちゃんの演奏聴かせてほしい! ですよね? 天海さん?」

私の隣で天海さんがにっこりと微笑む。

「はい。あの美しい音色を、ぜひもう一度聴かせていただきたいです」

朝日を浴びたかすみちゃんの顔が、輝いていく。

「ありがとうございます。頑張って練習します。梨乃にも『頑張ったね』って言ってもらえるように」

　私と天海さんがうなずく。

「もしよければ、撮影させていただきますよ。みなさんの姿を」

「わぁ、嬉しい。みんなに話しておきますね」

　かすみちゃんがにっこりと微笑んで手を振った。私と天海さんも店の前に立ち、手を振り返す。

　制服のスカートをひるがえしたかすみちゃんは、フルートを手に持って、前だけを見て歩き出した。

「楽しみですね。これからが」

　誰もいなくなった道路を眺めながら、天海さんがつぶやいた。

　かすみちゃんの人生はまだまだ続く。梨乃ちゃんのなれなかった大人に、少しずつなっていく。

　きっとたくさんの曲や音と出会い、たくさんの人と知り合い、たくさんの経験を積んでいくのだろう。そしてそんな彼女のことを、親友はずっと見守ってくれる。

「きっと素敵な大人になりますよ。かすみちゃんは」

「そうですね」

天海さんが遠くを見つめたままうなずいた。私はそんな天海さんの横顔を見ながら考える。

でも、私たちの未来はどこへ続いているのだろう。このお店はこれからどうなるのだろう。

私は明日のことさえ、わからない。

冷たい風が吹いて、私の髪が揺れた。不安な気持ちになりかけた私に、天海さんが言う。

「では、部屋に入ってアイスでも食べましょうか？　昨日の残りがまだあるんです」

私はぶるっと体を震わせる。

「寒いのであたたかいお茶もお願いします」

私の声に、天海さんが笑った。

＊

幕の閉じられているステージの上で、部員たちが楽器の準備をしている。

吹奏楽部の演奏会当日。私は最前列の椅子に座り、楽譜を譜面台の上に置いた。

今日私がソロを吹くこの楽譜は、私のものではない。

「これはかすみさんが使ったらいいと思うの」

数週間前、先生がそう言って差し出した楽譜には、細かい書き込みがぎっしりとされていた。私が梨乃にアドバイスして、梨乃が書き込んだ文字だ。

「梨乃さんのご両親からいただいたのよ」

私はその楽譜を先生から受け取った。ずしりと重たい。もしかして大人たちは私に『梨乃の分まで頑張ってね』と思っているのかもしれない。

そうだとしたら、私にこの楽譜は重すぎるけれど……それでも私はこう答える。

「梨乃と一緒に頑張ってみます」

少しずつ、私のできることをやっていきたい。

私の声に、先生は目を細めてうなずいた。

そして今日、私はステージの上でこの曲を演奏する。梨乃が演奏するはずだったソロを私が吹くのだ。

私は大きく息をはき、隣の席を見る。いつもそこにいたはずの、梨乃はもういない。

だけど大丈夫。何度も何度も練習した。お母さんにやらされたからではなく、自分がやりたくてやった。

それでも時々梨乃を思い出して、立ち止まってしまったときもあったけど、部員のみんなや先生が背中を押してくれた。私はひとりだと思っていたのに、ひとりではなかったんだ。

そんな当たり前のことに気づけたのも、梨乃のおかげ。

私はいつもフルートケースと一緒に持ち歩いている、モノクロ写真を思い出す。不思議な写真館で撮ってもらった、梨乃とふたりで写った写真だ。

あの日梨乃は言ってくれた。

かすみの音、大好きだよ、って。

その言葉を胸に、私は今日まで頑張ってきた。

姿勢を正した私たちの目の前で、幕がゆっくりと上がる。まぶしいライトが照らされ、ホールに集まってくれたお客さんたちの視線が集まる。

指揮者でもある顧問の先生が、私の前に立った。部員たちを見回したあと、最後に私の顔を見つめる。私は小さくうなずく。

先生の指揮棒が上がり、私はフルートに口づけた。

今日私は伝えたい。音楽の美しさを、素晴らしさを、そして楽しさを。やっぱり私は、音楽が好きだから。

銀色のフルートが、まばゆい光をきらりと放った。

私は深く息を吸い、梨乃と一緒に、心を込めて音を奏でた。

第四章 最後のキャッチボール

SENOO PHOTO STUDIO

Minase Sara Presents

祖父が亡くなって、もうすぐ二週間になる。東京へ帰るきっかけをつかめない私は、祖父が残したこの写真館で、従業員の天海さんと暮らしている。

「つむぎさん。お昼の支度、できましたよ」

今日の昼食はご飯に味噌汁、近くの海で獲れたアジの干物、それからふっくらと焼けた卵焼き。

「あ、このお魚、すっごく脂がのってますね。卵焼きもおいしい！」

「ありがとうございます」

「天海さんって、ほんとにお料理上手ですね」

なんだか天海さんとの食事が、日常のようになってしまっているけれど……このままでいいわけはない。

「あの……天海さん」

「はい」

ご飯を食べ終わると、私は箸を置いて姿勢を正した。お腹は満たされたが、やはり今後のことはきちんと考えなければならない。

「天海さんはこれから……どうするつもりなんですか？」

天海さんも箸を置き、私の顔を見る。

「祖父もいなくなってしまったし、私も落ち着いたら東京に戻って転職先を探すつもりです。だからこのお店と家はもう……」

「つむぎさん」

私の声をさえぎるように、天海さんが言った。

「つむぎさんはこの写真館を、なくしてもいいと思っていますか？」

「それは……」

なくしたくなんてない。あの真夜中の仕事も気になっている。

だけどこんな寂れた、館主のいなくなった写真館を、誰がどうやって続けるというのか。

私だって、生活していかなければならないのだ。

「ごめんなさい、私には無理です。最後のお給料はちゃんと払います。だから……」

そのとき店のガラス戸がカラカラと開く音がして、遠慮がちに呼びかける声が聞こえた。

「すみませーん」

若い男の人の声だ。天海さんは静かに立ち上がると、落ち着いた口調で私に言う。

「お客様ですね」

「え？」

「つむぎさんも一緒に来てください」

天海さんがお店に向かう。私も慌てて、そのあとを追いかけた。


店にいたのは中学生くらいの、野球帽をかぶった男の子だった。なんとなく落ち着かない様子で、きょろきょろと視線を泳がせている。

「いらっしゃいませ」

いつものように穏やかな声でそう言った天海さんに、男の子が視線を止めた。そして礼儀正しく帽子をぱっとはずして、坊主頭を下げる。

「あのっ……」

そこで一旦言葉を切り、言いにくそうに頭をかく。

男の子は、ちょっと汚れたリュックを背負い、上下トレーニングウェアを着ていた。これから部活動の練習にでも、出かけるような格好だ。

しばらく黙っていた男の子が、意を決したように顔を上げ、はっきりとした声で天海さんに聞いた。

「あの！　死んだ人に会える写真館って、ここですか？」

私は天海さんの横顔を見る。天海さんは表情を変えずに、静かに答える。

「はい、そうです。あなたが会いたいと思うなら、亡くなった方に会うことができます」

「ほんとに……？」

すると男の子が、上着のポケットから一枚の紙切れを取り出し、私に見せた。

「これを見て、来てみたんです。そういう写真館があるって、前に噂で聞いていたから。『帰らぬ人』って死んだ人のことですよね？」

私は差し出された紙を受け取る。ポケットの中でしわくちゃになってしまったそれは、新聞広告を切り抜いたものだった。

『帰らぬ人との最後の一枚、お撮りします。妹尾写真館』

陽葵ちゃんやかすみちゃんが持っていたのと同じものだ。

「俺……亡くなった父さんに、会えますか？」

天海さんが男の子のほうを向いて答える。

「はい、会えますよ。ただし、その人に会えるのはたった一度。今日と明日の境目の、十分間だけです」

「十分間……」

「今夜十一時五十五分、この店の二階にあるスタジオに、来ることはできますか？」

男の子が黙って、背負っているリュックの肩ベルトをぎゅっとにぎる。そして少し考え込んだあと、ぶるぶると頭を横に振ってひとり言のように言った。

「いやいや、そんなのありえないって！　死んだ人に会えるなんて！」

信じられないのも無理はない。普通だったらこんな話、信じない。

「えっと……あなた、おうちはどちら？」

私はうつむいてしまった彼に聞いた。

「K市です」

「えっ、そんな遠くから来てくれたの？」

「その新聞広告を見たら、いてもたってもいられなくなって……気づいたら始発の電車に乗っていました。引っ越した友達の家に遊びに行くと母親に嘘をついて……でもやっぱり俺、どうかしてました。だってそんなのありえない」

ありえないと言いながらも、飛び出してきてしまった彼は、きっとどうしてもお父さんに会いたかったのだろう。私はぎゅっと手のひらを握って、力を込める。

「天海さん。この子をお父さんに会わせてあげてください」

天海さんにそう言ってから、私は男の子にも声をかけた。

「もしよかったら、うちで休んでいて？　お腹すいてるでしょ？　いまちょうど、お昼ご飯を食べていたところなの」

私の言葉に男の子はお腹を抱えて、ちょっと恥ずかしそうに笑った。

「俺、工藤瑛太《くどうえいた》っていいます。中学二年生です」

瑛太くんという子は、居間に正座して、礼儀正しく私たちに言った。そんな瑛太くんの前に、天海さんが大盛りのご飯とみそ汁を置く。瑛太くんは朝起きてから、なにも食べていないそうだ。

「私は妹尾つむぎです。ここの館主だった祖父が亡くなって、それで二週間前に東京からこの家に戻ってきたところなの」

「亡くなった？」

瑛太くんが顔をしかめた。そんな彼の前で天海さんが言う。

「僕はここで働いている天海といいます。あの広告は僕が出しました。館主だったつむぎさんのおじいさんから、仕事は受け継いでいるのでご心配なく」

「もしかして、つむぎさんのおじいさんと天海さんって……霊能者とか、そういう人？」

瑛太くんがこわごわとたずねると、天海さんは噴き出すように笑った。

「いいえ。僕はただの写真屋ですよ」

「じゃあどうして写真屋さんで、死んだ人と会えるんですか？」

「そうですよ！　私もそれが聞きたかったんです！」

思わず瑛太くんと一緒に、身を乗り出してしまった。天海さんはそんな私たちを見て、また笑う。

「どうしてでしょうね。僕もよくわかりません。もしかしたらこの写真館のスタジオが、『あの世』とつながっているのかもしれませんね」

冗談なのか本気なのかよくわからない回答をすると、天海さんは「冷めないうちに食べてください」と瑛太くんに食事を勧め、静かに居間を出て行ってしまった。

「つむぎさんも、知らなかったんですか？　ここでおじいさんがしていたこと」

小さく息をはいた私の耳に、瑛太くんの声が聞こえてくる。

「うん。二年前まで一緒に暮らしていたのに、まったく気づかなかった。知ったのはつい最近」

もしかして天海さんは、祖父がしていた『真夜中の仕事』を知っていて、ここに働きに来たのだろうか。

「でもあの広告は本当なの。本当にここで亡くなった人に会えるの。だって私が亡くなった祖父に会えたから」

「会えたんですか？」

真剣な表情の瑛太くんの前で、私は静かにうなずいた。

「だから会えるよ。瑛太くんも」

「俺も……父さんに……」

瑛太くんが黙り込んだ。きっと、信じたい気持ちと信じられない気持ちがぐちゃぐちゃに混ざり合って、混乱しているのだろう。私はそんな瑛太くんに向かって言う。

「あ、ごめんね。よかったら食べて。って、私が作ったんじゃないけど」

瑛太くんは私の前で小さく微笑んで、「いただきます」と箸をとった。


食事が終わると、私は瑛太くんと一緒に外へ出た。瑛太くんは半信半疑ながらも、夜までうちで時間をつぶし、今夜は泊まっていくことになったのだ。

外はよく晴れていて、目の前に広がる冬の海は青く澄んでいた。

私は瑛太くんと並んで、海沿いの道を歩いた。ゆるいカーブを曲がると、海を見渡せる防波堤に着く。そこで瑛太くんは持っていたスマホを取り出し、家にいるお母さんに電話をかけた。

「友達の家に泊まるって言ったら、誰の家だと聞かれたから、妹尾写真館ってとこにいるって伝えておきました」

電話を切ると、瑛太くんが苦笑いを浮かべて私に言った。

「お母さん、心配してるんじゃない？」

「まさか。母さんはもう、俺のことに興味がないんで」

「え？」

瑛太くんはスマホをポケットにしまいながらつぶやく。

「俺がどこに行こうと、なにをしようと関係ないんです。一応、人に迷惑をかけてないか確認するくらいで。母さんの頭の中は、父さんのことでいっぱいだから」

あきらめたように口元をゆるめ、瑛太くんは海を見つめる。

私はそんな瑛太くんの横顔に聞いてみた。

「瑛太くんのお父さんは……いつ亡くなったの？」

「三か月前、突然の交通事故でした。母さんは、まだ毎日泣いています。ほんとは母さんも、父さんに会いたいだろうけど……でも突然こんなところに連れてきてもきっと混乱するだけだと思って、俺ひとりで来ました」

「そう……」

私は冷たくなった、祖父の顔を思い出す。大切な人を失った悲しみは、私もよく理解できる。

「突然の別れはつらいよね。ちゃんとお父さんとお別れできなかったんでしょう？　それで瑛太くん、ここに来たんだね」

すると瑛太くんは少し考え込むような表情をしてから、口を開いた。

「いや……ほんとは俺、父さんに会うの、怖いんです」

「怖い？」

瑛太くんが海を見たままうなずく。

「父さんが亡くなる前、俺、言っちゃったんです。『俺は父さんの代わりじゃない』って」

すれ違ったまま別れてしまった祖父と自分を思い出し、胸がちくんと痛む。瑛太くんは小さく笑ってから、私を見た。

「俺の父さん、元プロ野球選手なんです。怪我《けが》でほとんど活躍できないまま、すぐに引退しちゃったけど」

「え、すごいじゃない。だから瑛太くんも野球をやっているんだね」

「なんでわかるんですか?」

「その頭。高校球児みたいでかっこいいよ?」

瑛太くんは「ああ……」とつぶやいて、坊主頭をかく。

「たしかに俺は、小さいころから野球をやっています。物心ついたころから、遊びといえば父さんとやるキャッチボールでした。小学生になったら少年野球チームに入団して、いまも中学の野球部です。でも俺にはきっと、野球の才能がないんだと思います。いつまでたっても下手くそで、レギュラーにもなれないし、父さんの期待に応《こた》えられなかった」

「そんなこと……」

瑛太くんはしばらくうつむいたあと、ゆっくりと顔を上げて私に言った。

「野球選手の息子だからって、誰もが上手いわけじゃない。でも父さんはわかってくれないで、俺のこと根性が足りないとか、練習嫌いだとか決めつけるんです。そんなことないのに。俺だってこれでも頑張ってるのに。それで俺もついキレて、あんなこと言って家を飛び出しちゃって……」

そこで瑛太くんは声を詰まらせた。そして苦しそうな表情でつぶやく。

「父さんはそんな俺を追いかけてくる途中で……事故に遭った」

「え……」

瑛太くんは頭を抱え、私の前でしゃがみ込んだ。

「俺のせいだ……俺のせいで父さんが死んだ」

「瑛太くん……」

私は瑛太くんの隣に座って、その肩に触れた。瑛太くんの肩は、震えていた。

「俺があんなこと言わなければ……『父さんの代わりじゃない』なんて言って、父さんを怒らせなければ……父さんは俺を追いかけてなんかこなかったのに」

顔を膝に押しつけて、瑛太くんが背中を丸める。私はその背中を、そっと手でさする。

「違うよ、瑛太くん。そんなこと考えないで。お父さんが事故に遭ったのは、瑛太くんのせいなんかじゃないから」

だけど瑛太くんは激しく首を横に振った。

「母さんだって、きっと思ってる。俺のせいで父さんが死んだって。俺が父さんを殺したんだって思ってる」

「瑛太くん！」

「俺が……父さんを殺したんだ」

瑛太くんの体が、力なくその場に崩れそうになる。私はそんな瑛太くんの肩をしっかりと抱きかかえた。そして瑛太くんの耳元で、言い聞かせるように言う。

「そんなことないから、絶対。お父さんもお母さんも、そんなこと絶対思ってないから」

「……なんでわかるんだよ」

瑛太くんが低い声でつぶやいた。そしてそっと、私の腕を振り払う。

「なんでそんなことわかるんだよ。俺のことなんか、なんにも知らないくせに」

私は言葉を詰まらせた。瑛太くんは膝を抱えてうずくまる。

たしかに私は瑛太くんのことなどなにも知らない。彼がどんな想いを抱えてここまで来たのか、いまどんな想いでいるのか……さっき会ったばかりの私がわかるはずないのだ。

冷たい風が、私たちの間を吹き抜けた。瑛太くんはうずくまったまま、なにも言わなくなった。


「こんなところにいたんですね」

その声に顔を上げると、天海さんが穏やかな笑みを浮かべて防波堤に立っていた。

「そろそろ店に戻りませんか？　風も冷たくなってきましたし」

私は隣に座る瑛太くんを見る。瑛太くんは顔を上げようとしない。

「それとも少し、運動でもしましょうか？」

そう言った天海さんに視線を移すと、その手にふたつ、野球のグローブを持っていた。

私は首をかしげてたずねる。

「どうしたんですか、それ」

「すみません。瑛太くんのリュックが開いていたので、勝手に借りてしまいました」

瑛太くんが弾かれたように顔を上げ、天海さんに視線を向けた。

「せっかくだから、キャッチボールでもしませんか？」

「俺は……野球なんか、嫌いだ」

瑛太くんの声が、冷えた空気に浮かぶ。

「野球なんかなければ、こんなことにならなかったのに……いまでもまだ父さんと一緒にいられたのに……母さんだって、毎日泣くことなんてなかったのに……」

瑛太くんが、唇を噛みしめた。そんな瑛太くんの前で、天海さんが微笑む。

「ではここから海に投げて捨ててしまいましょう。こんな忌々《いまいま》しい思い出は」

天海さんが海に向かって、グローブを高く上げる。慌てた私が声をかけるよりも早く、瑛太くんが立ち上がった。

「やめろっ！」

そう叫んだ瑛太くんが、天海さんに駆け寄る。そしてその手からグローブをひったくった。

「これはっ……俺と父さんのグローブなんだ！」

瑛太くんがグローブを胸に抱きしめる。私も立ち上がって、そんな瑛太くんの姿を見つめた。

「野球なんか嫌いなくせに、どうしてグローブを持ってきたりしたんですか？」

天海さんの声を聞き、瑛太くんがうつむいた。

「野球なんか嫌いなくせに、どうしてふたつもグローブを持って、始発でわざわざこんな町まで来たんですか？」

私は天海さんの顔を見る。天海さんはまっすぐ瑛太くんを見つめて言う。

「もう一度お父さんと野球をしたくて、ここに来たんじゃないですか？」

瑛太くんの肩がぴくりと震えた。そして胸に抱えたふたつのグローブを、ぎゅっと強く抱きしめる。

「瑛太くん……」

私はそんな瑛太くんに声をかけた。

「お父さんに会ってみようよ？」

そう言って、瑛太くんの肩にやさしく触れる。

「ここまで勇気を持って、ひとりで来たんだよね？　だったらもう少し頑張って、お父さんに会ってみようよ。そのグローブと一緒に」

瑛太くんが私の前でゆっくりと顔を上げた。

「お父さんに会って、瑛太くんの気持ちを伝えてみようよ」

目の前に立つ瑛太くんの顔が、くしゃっと歪んだ。そしてその瞳から、ぽろぽろと涙がこぼれてくる。

「瑛太くん」

もう一度、瑛太くんの肩を抱き寄せた。今度はその手を、瑛太くんは振り払わなかった。

私の肩に頭を押しつけるようにして、瑛太くんは声を出さずに泣いていた。

「苦しかったね……瑛太くん」

私はそっと、瑛太くんの背中をさする。瑛太くんの体は、悲しく震えている。

「ずっと……苦しかったんだよね?」

瑛太くんはきっと泣けなかったのだろう。悪いのは自分だと思い込んで、悲しみを分かち合えるはずのお母さんの前でも、きっと泣けなかったのだろう。

瑛太くんが泣きやむのを待って、三人で店へ向かった。

瑛太くんは気まずいのだろう。グローブを胸に抱えて、さっきから私たちと視線を合わせないよう、ずっと海のほうを向いている。

「僕も小さいころ、父とキャッチボールをしたことがあるんです」

歩きながら、天海さんがつぶやいた。私は隣の天海さんを見上げる。そして天海さんがキャッチボールをする姿を、必死に思い浮かべようとする。

「ごめんなさい。天海さんが野球をするところ、あんまり想像できないです」

正直に言うと、天海さんが笑った。

「まぁたしかに、僕は小さいころからインドア派でしたからね。でも父は息子とするキャッチボールに憧《あこが》れていたようで、無理やりやらされました」

黙って歩いていた瑛太くんが、ちらりと天海さんの横顔を見た。

「最初は嫌々やっていたんですが、父に付き合っているうちに、まぁまぁ楽しくなりましたね。楽しくなってきたころ、父はいなくなりましたけど」

「え？」

瑛太くんが口を開く。天海さんはそんな瑛太くんに言う。

「僕の両親は、僕が小学生のころに亡くなったんです。だから少しは、瑛太くんの気持ちがわかるつもりです」

そう言ってから、天海さんは私を見た。

「きっと、つむぎさんもそうです」

瑛太くんの視線が私に移る。私はきゅっと唇を引き結ぶ。

そうか。天海さんもそうだったのか。

大切な人を失った私たちには、その悲しみがわかるから……だからこそ、瑛太くんの力になってあげたいと思うのだ。

瑛太くんがうつむいて、ぎゅっとグローブを抱きしめた。天海さんはただ静かに微笑んで、それ以上はなにも言わなかった。


家に帰ると、天海さんが夕食を作ってくれた。

今日のメニューは、じゃがいもやにんじんがごろごろ入ったカレーライスだ。天海さんは大盛りのカレーを瑛太くんの前に置く。

「どうぞ」

「……いただきます」

瑛太くんが消えそうな声でそう言って、スプーンを持った。そしてカレーをすくい、ちびちびと口に運ぶ。

「ん？」

瑛太くんが首をかしげた。そして勢いよく、カレーを口に運びはじめる。

「おいしいですか？」

天海さんの声に瑛太くんが答えた。

「うんっ、うまい！」

瑛太くんの前で天海さんが笑う。

「いっぱい食べてください。おかわりたくさんありますから」

天海さんの声を聞きながら、私もカレーを一口食べる。ほどよい辛さと、ほのかな甘みが溶けあった、絶妙な味のカレーだった。

「これ、うちのカレーにそっくりです」

瑛太くんがカレーを頬張りながら言う。

「そうですか？」

「うちの母さんが作ったカレーかと思った」

そこまで言って、瑛太くんは突然黙り込んだ。

「どうしたの？　瑛太くん」

心配になって、私は瑛太くんの顔をのぞき込む。瑛太くんは静かにスプーンを置く。

「すみません……やっぱり俺、怖いんだ……父さんに会うの」

瑛太くんがぼそっとつぶやいた。

「もし俺のこと、怒ってたら……母さんにも合わす顔がない」

そんな瑛太くんに向かって、天海さんが言う。

「本人に聞いてみることですね。それが一番です」

「わかってる。でもやっぱり……怖くて」

瑛太くんはまたため息をつくと、両手で坊主頭を抱えた。

「あー、俺ってやっぱりダメなヤツだ！　ふたりとも、俺のことあきれてますよね？　いつまでも優柔不断でぐちぐちぐちぐち……」

「そんなことないよ。私には、瑛太くんの悩む気持ちもわかる」

瑛太くんが私を見る。私は小さく笑って口を開く。

「私もね、亡くなった祖父に会うのは、怖かったんだ。祖父にはひどいことを言って、別れてしまったから」

私はそう言いながら祖父の遺影を見つめた。祖父はいま、どんな顔をして私のことを見守ってくれているのだろう。

「でもいまは、会えてよかったと思ってる。天海さんに写真を撮ってもらえてよかったって……だからきっと瑛太くんも……」

天海さんの顔を見た。天海さんは黙って私の声を聞いている。

私は瑛太くんのほうをもう一度向いて、その背中をぽんっと叩いた。

「ほら、悩んでないで、とにかくいまは食べよう！　瑛太くんちのカレーってこういう味なんだ。ほんと、おいしいね！」

瑛太くんは小さくうなずくと、またカレーを食べはじめた。私も瑛太くんと一緒にカレーを食べる。最後に見た祖父の笑顔を思い出し、ちょっとだけ涙が出そうになりながら。

天海さんはそんな私たちのことを、やさしいまなざしで見つめてくれていた。


薄暗い階段を瑛太くんとあがる。足元が軋《きし》んで、ぎしりと妙な音を立てる。

「こっちだよ、瑛太くん」

階段の途中で振り返った。瑛太くんはグローブを抱きしめたまま、はあっと息をはく。天海さんの作ってくれたカレーライスを食べたあとも、やっぱり瑛太くんは悩んでいるようだった。

「どうする？　もうすぐ約束の時間だよ。お父さんに会うの、やめる？」

立ち止まって瑛太くんに聞く。

時刻は、午後十一時五十分を過ぎた。もうすぐ天海さんとの約束の時間だ。

瑛太くんはしばらくうつむいたあと、ぎゅっと唇を引き結び、顔を上げる。

「行く。行くよ。本当に父さんに会えるなら」

「うん。瑛太くんが会いたいと思うなら会えるよ」

私はうなずいて、また階段をのぼる。そんな私のあとを、瑛太くんがついてくる。

階段をあがりきり、私の部屋の前を通り、廊下を進む。真っ暗な廊下は、不気味なほど静まり返っている。

私の後ろで、瑛太くんが小さく息をはいたのがわかった。私は暗闇の中で振り返り、瑛太くんの手をそっと握る。瑛太くんの手は、かすかに震えていた。

きっと、不安と期待がぐちゃぐちゃに入り混じっているのだろう。

「開けるよ？」

スタジオのドアの前で私が言った。瑛太くんは私の隣で、覚悟を決めたようにうなずく。

私はドアノブに手をかけ、重い扉を一気に開いた。

スタジオの中はやっぱり薄暗かった。目の前に見えたのは、カメラと三脚と天海さんの姿。

今日も天海さんは黒いスーツを着て、姿勢よく立っている。

「お待ちしていました、工藤瑛太くん」

私は瑛太くんの手をそっと離す。

「どうぞ奥へお進みください」

瑛太くんは困惑しながらも、天海さんに言われたとおり、スクリーンの前に置かれた椅子に向かう。私は瑛太くんの背中を黙って見送る。

「こちらの席に、瑛太くんの『会いたい人』を呼んでいただきます」

「俺の……会いたい人……」

「椅子に手をかけて、会いたい人のことを想ってください」

瑛太くんがおそるおそる椅子の背に手をのせる。そして片手に持っているふたつのグローブを、ぎゅっと胸に抱きしめた。

「それでは照明をつけます」

天海さんの声と同時に、まぶしい光が瑛太くんを包み込む。

「あっ……」

瑛太くんが短く叫んだ。それと同時に、短髪でがっしりした体型の男の人が、椅子からゆっくりと立ち上がる。その人は、瑛太くんと同じようなトレーニングウェアを着ている。

「瑛太！」

太く響く声に、瑛太くんがびくっと体を震わせた。だけど男の人は気にもせず、もっと大きな声でその名前を叫ぶ。

「瑛太！　こっちに来い！　会いたかったぞ！」

「……会いたかった？　俺に？」

「もちろんだ。お前も父さんに会いたいと思ってくれたんだろ？」

瑛太くんの手が、するりと椅子の背から離れる。そしてふらふらとお父さんの元へ近づいていく。私は祈るように、その姿を見つめる。

「父さん……本当に父さんなの？」

瑛太くんはまだこの状況に戸惑っている。

「ああ、そうだ。瑛太、俺の顔、忘れちまったのか？」

ふるふると首を横に振ったあと、覚悟を決めたように瑛太くんが声を出す。

「父さん。俺のこと、怒ってないの？」

するとお父さんがにっと笑った。

「怒ってるわけないだろう？　謝らなきゃいけないのは、こっちのほうだ」

お父さんの手が伸びて、瑛太くんの坊主頭をぐりっとなでる。瑛太くんはくすぐったそうに、目を細めた。

「瑛太、悪かったな。父さん、自分の叶わなかった夢を、お前にずっと押しつけてた。思うように活躍できなかった父さんの代わりに、お前を強い選手にしたかった。お前の気持ちなんか、全然考えてなかったんだ」

「父さん……」

お父さんが小さく笑って、瑛太くんの頭から手を離す。

「それを言うために、お前を追いかけた。それなのに、途中で車にはねられて……本当におっちょこちょいだな、父さんは」

「笑ってる場合じゃないだろ！　母さん毎日泣いてるんだぞ！」

「悪い」

お父さんのしんみりした声に、瑛太くんが首を振る。

「違う。俺が……俺が家を飛び出したりしなかったら……」

「瑛太」

瑛太くんの言葉をさえぎるように、お父さんが言う。お父さんの表情は、もう笑っていなかった。

「父さんが死んだのは、お前のせいなんかじゃない。母さんだって、そんなこと思っていない。ただ、いまは落ち込んでいるだけで。だけどもうすぐ立ち直って、また元の母さんに戻ってくれるはずだ」

「でも……」

「でもじゃない！　今度そんなこと言ってみろ。それこそお前のこと、許さないぞ？」

瑛太くんが黙った。お父さんはまたにかっと笑って、瑛太くんの頭をなでる。

そのとき壁の柱時計が音を立てた。十二の数字の場所で、針が重なる。

「あと五分です」

天海さんの声が響いた。瑛太くんは持っていたグローブをぎゅっと抱きしめる。

「瑛太。そのグローブ、持ってきてくれたのか？」

お父さんがそんな瑛太くんを見て言った。けれどお父さんの姿は薄くなりはじめている。

あの世に帰る時間が迫っているのだ。

「う、うん」

「じゃあ最後にキャッチボールでもするか？」

「え、ここで？　いいの？」

瑛太くんが慌てて、天海さんを振り返った。天海さんは穏やかな表情で、静かにうなずく。

私は胸を少しどきどきさせながら、ふたりのことを見つめた。

「もちろん、そうっとだぞ。本気出すなよ？　高そうな機材いっぱいあるだろ。壊しても父さん弁償できないからな。ほら、グローブ貸せ」

お父さんが瑛太くんの手からグローブとボールを奪うと、少し離れた。

「瑛太！　行くぞ！」

お父さんの手から、ボールがふわりと離れる。それはゆるやかに宙を舞って、瑛太くんのグローブに収まった。

「ナイスキャッチ！」

お父さんの明るい声が響く。瑛太くんはボールを持った手で鼻をすすった。

「ほら、投げろ！　瑛太！」

瑛太くんが腕を上げ、ボールを投げる。ふわっと飛んだ白いボールは、お父さんのグローブの中へすとんと落ちる。

「よし！　いいボールだ！」

お父さんの笑顔の前で、瑛太くんが腕で目元をこすった。お父さんの姿は、透けたり現れたり不安定に揺れ動く。

「父さん、俺……」

お父さんのボールが、もう一度瑛太くんのグローブに収まる。

「俺、父さんみたいに野球は上手くないけど……」

瑛太くんのボールがお父さんに飛ぶ。

「父さんとキャッチボールをするのは……大好きだったんだ」

ボールをキャッチしたお父さんが笑った。

「そうだな……父さんももっと、瑛太とキャッチボールがしたかった」

瑛太くんがお父さんに駆け寄った。そしてその広い胸の中に勢いよく飛び込む。

「瑛太」

お父さんが瑛太くんを抱きしめて言った。

「これからはお前の好きなことをしなさい。いままで俺の夢を押しつけて、本当に悪かった」

瑛太くんはなにも言わずに、首を横に振っている。そんな瑛太くんの背中に、天海さんの声が響いた。

「時間です」

お父さんの体が、静かに瑛太くんから離れる。瑛太くんは涙でぐしゃぐしゃの顔で、お父さんを見上げている。

「瑛太くん、お父さんの隣に立ってください。写真をお撮りします」

「え、写真？　ほんとに撮るの？」

涙をこすりながら、瑛太くんが振り向く。

「ほら、瑛太。ここに来い」

お父さんが椅子に腰かけ、瑛太くんを隣に呼ぶ。

「きっと母さんが羨ましがるな」

隣に立った瑛太くんに、お父さんがいたずらっぽく笑いかける。そしてもう一度、瑛太くんの頭をぐりぐりとなでまわした。

「母さんと、仲良くするんだぞ」

瑛太くんがぎゅっと唇を結ぶ。

「おふたりとも、こちらを向いてください」

天海さんの声が聞こえて、瑛太くんとお父さんがカメラのほうを向いた。

「撮りますよ」

私は両手を胸の前で組み、そんなふたりを見守る。

「ああ、とてもいいお顔です」

フラッシュが明るく光って、シャッターがたった一度だけ切られる。

そして次の瞬間もうそこに、瑛太くんのお父さんの姿はなかった。

「おはようございます……」

祖父の部屋から眠そうな顔をした瑛太くんが出てきた。瑛太くんはこの部屋に泊まったのだ。

「おはよう、瑛太くん」

朝食を並べていた私に向かって、ぺこりと頭を下げた彼は、泣きはらしたような目をしていた。そんな瑛太くんに天海さんも声をかける。

「おはようございます、瑛太くん。朝ご飯できてますよ」

今日の朝食はホットサンドだ。焼かれた食パンの間に、カリカリのベーコンと目玉焼きが挟まっていて、ボリューム満点である。

「天海さんが作ってくれたんだよ」

「へぇ、すごい。つむぎさん、いつもこんなうまそうなの、食べてるんですか？」

瑛太くんの声に、苦笑いするしかない。この二週間、私は天海さんにお世話になりっぱなしだ。

「と、とにかくいただこう」

「はい。いただきます」

瑛太くんが両手を合わせて、ホットサンドを口にした。

「うまっ！」

「うん、おいしい！」

じゅわっとしたベーコンの旨みと、ふんわりした卵の甘さが、口の中でとろけ合う。

やっぱり天海さんは、料理の天才だ。こんなものを出されたら、「今日は私が作ります」などと、とても言えなくなってしまった。

「たくさん食べてください。おかわりもありますから」

天海さんはそう言って微笑んだあと、小さめの額に入った写真を、瑛太くんの前に差し出した。

「それから瑛太くん。これをどうぞ」

それは瑛太くんと瑛太くんのお父さんが写った写真だった。満面の笑みのお父さんの隣で、瑛太くんが今にも泣き出しそうな表情をして、歯を食いしばっている。

「妹尾写真館から瑛太くんへ、最後の思い出のプレゼントです」

瑛太くんは食事をする手を止め、その写真を受け取った。見慣れないモノクロ写真を、物珍しそうな目つきで眺めている。

「人が亡くなっても、写真は残ります。お父さんとの思い出を大切に、これからの長い人生を、しっかり自分の足で生きてください」

瑛太くんは顔を上げて天海さんを見ると、こくんとうなずいた。

そのとき瑛太くんのスマホが音を立てた。瑛太くんは画面を見て、ちょっと気まずそうな顔をする。

「もしもし？　うん、もうすぐ帰るよ。え、大丈夫、ひとりで帰れるって」

電話の相手はお母さんのようだ。瑛太くんは電話を切ると、作り物のようなため息をつき、私たちに話した。

「『心配だから迎えに行こうか？』だって。断ったけど」

「どうして？　迎えに来てもらえばいいのに」

「やだよ。ひとりで帰れるよ。子どもじゃないんだから」

瑛太くんは照れくさそうに言いながら、スマホをポケットに突っ込んだ。

ほんとうはちょっと嬉しかったくせに……突っ込みたくなるところを、ぐっと抑えて微笑みかけたら、瑛太くんはコホンとわざとらしい咳払《せきばら》いをした。

そしてもう一度写真を手にして、天海さんに向かって言う。

「天海さん。いろいろ……ありがとうございました」

「いいえ」

「あの、この写真のお金は？」

「それはプレゼントだと言ったでしょう？　お代はけっこうです。その代わりもう二度と、自分のせいでお父さんが亡くなったなんて、言わないでくださいよ？」

瑛太くんが恥ずかしそうに笑って、頭をかく。

「はい、もう言いません。父さんに怒られるから」

天海さんはうなずいて、付け加えるように言った。

「それからもしよかったら、今度はお母さんといらしてください。ツーショット写真をお撮りしますよ」

「ええっ、母さんと？　そんなのやだよ」

また照れている瑛太くんに、私はたずねる。

「瑛太くん。野球はどうするつもりなの？」

お父さんは瑛太くんに「これからはお前の好きなことをしなさい」と言っていた。瑛太くんは少し考えてから、まっすぐ私の目を見て言った。

「これからも、続けます。他に好きなことなんてないし。父さんみたいに上手くはないけど、これからはもっと楽しんでできるような気がするから」

「がんばってね」

瑛太くんが私の前で笑って、力強くうなずいた。そして思いついたように、声を上げる。

「あっ、そうだ、天海さん。帰る前に俺とキャッチボールしません？」

突然の申し出に、天海さんがぎょっとした顔をする。

「昨日誘ってきたのは天海さんでしょ？　下手くそ同士、一緒にやりましょうよ！」

「……わかりました。いいですよ」

天海さんがしぶしぶうなずく。昨日本人も言っていたように、どう見ても天海さんは、体育会系には見えない。こんなこと思ったら悪いけど、瑛太くんの『下手』と天海さんの『下手』は、レベルが違うのだと思う。

「楽しみだなぁ」

瑛太くんが肩をぐるぐる回しながら、昨日の夜とは別人のように、大きな口を開けてホットサンドを食べる。

「本気出さないでくださいよ？」

ぼそっと言った天海さんの声に、私は小さく噴き出した。

晴れ渡った空の下、海の近くの広場で、瑛太くんと天海さんがボールを投げ合っている。

「天海さん、いきますよ！」

張りのある元気な声が、冷え切った空気の中に響く。

瑛太くんの投げたボールは、ゆるやかな弧を描いて天海さんのグローブに収まった。

「ナイスキャッチ！　上手いじゃないですか、天海さん！」

「そんなことないです。瑛太くんの投げ方が上手いんですよ」

そう言って笑った天海さんが、瑛太くんに向かって投げ返す。少しそれたボールを、瑛太くんは手を伸ばして器用にキャッチした。

「さすがですね」

「これでも一応、野球部だから」

へへっと照れくさそうに笑う瑛太くん。天海さんもそれを見て、嬉しそうな顔をする。

私はそんなふたりを、少し離れた場所から見守っていた。

瑛太くんはお父さんのことを想いながら、そしてもしかしたら天海さんも、お父さんとしたというキャッチボールを思い出しながら、ボールを投げているのかもしれない。

「ラスト一球！」

そう言った瑛太くんが思いきり高くボールを投げる。空に吸い込まれるように上がっていく白いボールを、私は目を細めて追いかける。

高く上がったボールは、やがて天海さんのグローブにしっかりと収まった。

「ナイスボール！　瑛太くん！」

私が両手を口元に当てて叫ぶと、瑛太くんが冬空の下でさわやかな笑顔を見せた。

キャッチボールが終わると、ふたつのグローブとお父さんとの写真を大事にリュックの中にしまい、瑛太くんは駅に向かって歩き出した。

昨日よりも清々《すがすが》しい顔つきで何度も帽子を振る瑛太くんに、私と天海さんも手を振った。

二日間、一緒に過ごしただけなのに、瑛太くんのこれからの人生が明るいものになりますようにと、強く願う。

ちらりと隣に目を向けると、天海さんがじっと瑛太くんの背中を見送っていた。きっと天海さんも、私と同じように思っているに違いない。

「天海さん」

私はそんな天海さんに話しかける。

「昨日のカレー、本当においしかったですね。どこで作り方、覚えたんですか？」

「ああ、あのカレーの作り方は、瑛太くんのお母さんから教わりました」

「は？」

ぽかんと口を開けてしまった私の隣で、天海さんは平然とした口調で答える。

「実は昨日、瑛太くんを心配していたお母さんから写真館に電話があったんです。しっかりしているようでも、まだ中学生ですからね。僕は瑛太くんの友達の親のふりをして、瑛太くんはご心配なくということと、瑛太くんの好きな食べ物と作り方を聞いたんです。お母さんは喜んで教えてくれました」

「そういうことだったんですか」

天海さんはいたずらっぽい顔で私を見る。

「この話は、瑛太くんには内緒ですよ」

私は天海さんの隣で笑ってうなずくと、空を仰いだ。

晴れ渡った雲ひとつない真冬の空は、瑛太くんの未来を応援しているみたいだった。

*

キンッ――金属バットの鋭い音が、広いグラウンドに響く。

速い打球は内野手の伸ばしたグローブの下を抜け、外野まで転がった。わぁっという歓声が、相手チームから聞こえてくる。

「ドンマイ！　次、次！　切り替えていこう！」

俺はベンチからグラウンドに向かって叫んだ。一瞬沈みかけたチームメイトたちも、顔を上げて声を出す。

「ツーアウト！　ツーアウト！」

「集中しよう！　集中ー！」

グラウンドの声と、ベンチの声。みんなの声がひとつになる。

今日は三年生最初の練習試合。俺はやっぱりレギュラーになれず、ベンチから試合を見守っている。だけどここからだって、できることはある。

仲間や相手の動きを確認して、的確に指示を出す。流れが悪くなったら声で励まし、良い流れを引き寄せる。

父さんとは違うけど、俺は俺のやり方で野球を楽しんでいる。

またバットの音が響いた。白いボールが高く上がり、今度は内野手のグローブにすとんと収まる。

「ナイスキャッチ！」

自分のことのように嬉しくなって、思わずガッツポーズをした俺の背中に監督の声がかかった。

「瑛太」

「はい？」

「次の回、お前から行け。代打だ」

「え、俺？」

「お前が誰よりも遅くまで、素振りしてるのを知ってるぞ？　とにかく今日は思いっきり振ってこい！」

「は、はいっ」

俺は大きく返事をする。ベンチの仲間に「絶対打てよ！」なんて背中を叩かれる。

ヘルメットをかぶりながら、ちらりとベンチの隅に置かれた自分のリュックを見た。

実はあの中にこっそり、写真を入れてある。不思議な写真館で撮ってもらった、父さんとのツーショット写真だ。照れくさいから誰にも見せていないけど、お守り代わりに持ち歩いているんだ。

父さん、狭いところでごめんな。こんな臭いところに入れやがってって、きっと文句を言ってるよな。でもそこから見ててよ。俺は俺なりに、頑張るからさ。

バットを持って、バッターボックスに立った。青い空がまぶしい。ベンチも悪くないけど、やっぱりこの場所に立つほうが断然いい。

「瑛太ー！　ガツンと行ったれー！」

「ホームラン、ホームラン！　お前なら打てる！」

みんな勝手なこと言いやがって……でもプレッシャーを感じるどころか、逆にわくわくしてくる。

ああ、そうか。俺やっぱり、野球がすごく好きなんだ。

ヘルメットのつばをちょっと上げて、空を見上げた。あの空の彼方まで、特大ホームランを打ってやる。

父さんはきっと笑っている。「打てるもんなら打ってみろ」って、にっと白い歯を見せて笑っている。

よし。絶対、打ってやるからな。

バットを握って前を見つめた。大きく振りかぶったピッチャーが、白いボールを放つ。

俺は握りしめたバットを、思いっきり振り切った。

第五章

最後の告白

SENOO PHOTO STUDIO

Minase Sara Presents

今日は朝から雨が降り続いていた。普段は穏やかな目の前の海も、白い波が立っている。こんな日はどうしても、気分が重くなってしまう。

「そろそろお昼ですね」

カウンターの上でカメラをいじっていた天海さんが、お店の時計を見上げて言った。

天海さんは雨の日でも変わらない。今日も清々しい顔をして、お客さんのいないお店に立っている。

これでいいのだろうか。いや、いいわけがない。

天海さんは毎日お店を開けて、古いネガや写真の整理をしたり、スタジオの掃除をしたり、ひとりで黙々と働いているけれど、これがお金になるとは思えない。

「あの、天海さん……」

「はい？」

カメラを片づけようとしている天海さんに、声をかけた。

「えっと、これからのことなんですけど……」

言いかけたとき、カラカラとお店のガラス戸が音を立て、静かに開いた。

「いらっしゃいませ」

天海さんの穏やかな声が響く。

見ると雨を背に、濡れた傘を持ったお客さんらしき人が、不安げな顔つきで立っている。

私と同じくらいの年齢の若い女性だ。

「い、いらっしゃいませ。中へどうぞ」

思わず私はそう口にして、女の人に駆け寄った。

「すみません……」

おずおずと店に足を踏み入れた彼女は、コートもスカートも濡れていた。

「あ、お洋服濡れてしまいましたね。いま、タオル持ってきます」

「いえっ、大丈夫ですから」

女の人が慌てて声をかけてくれたけれど、私は部屋に駆け込みタオルを持ってきた。

「どうぞ、使ってください」

「ありがとうございます。では、遠慮なく」

女の人が私からタオルを受け取り、濡れた服を拭いた。天海さんが店の暖房を、少し強くしてくれる。

窓の外は冷たそうな雨が降り続いていたけれど、店の中は暖かい空気に包まれていた。女の人の茶色くてやわらかそうな髪が、肩の上でふわふわと揺れる。

タオルで服を拭き終わると、女の人は私と天海さんの顔を見比べながら口を開いた。

「あの、私……亡くなった人に会える写真館があるって噂に聞いて……そんなときちょうどこの新聞広告を見つけて、ここへ来てみたんですけど」

女の人がバッグから、小さな広告を差し出す。それは陽葵ちゃんや瑛太くんが持っていたものと同じだった。

『帰らぬ人との最後の一枚、お撮りします。妹尾写真館』

私はちらりと天海さんの顔を見る。

「はい、そうです。ここが、亡くなった人に会える写真館です」

天海さんが綺麗な姿勢のまま、はっきりとした口調で言った。しかし女の人は微妙な表情を見せる。

「まさか、本当にそんなことが……」

「ここへ来た方は、みなさんそうおっしゃりますね」

「だって信じられません」

女の人が、震える手で広告を握りしめた。天海さんは動じる様子もなく、変わらぬ態度でたずねる。

「お客様には、お会いしたい方がいらっしゃるのですか？」

天海さんの声に、女の人が考え込むように黙ってしまった。私はそんな彼女に言う。

「もしよろしければ、中に入ってお茶でも飲みませんか？　お話、お聞きしますよ」

迷っている女の人の背中を、そっと押した。彼女は私たちに頭を下げると、あきらめたように部屋へ上がった。

「温かいお茶をどうぞ」

部屋に誘ったのは私なのに、天海さんが素早くお茶の用意をして、女の人の前に差し出した。

「ありがとうございます。いただきます」

女の人が両手で包むように湯呑みを持ち、一口飲む。

「おいしい……」

「よかったです」

天海さんが微笑んだ。

女の人はほっとした表情で、ふうっと息をはく。天海さんの淹れてくれたお茶を飲んで、ずいぶん落ち着いたようだ。

「私、海老原真結《えびはらまゆ》といいます。N町から車で来ました」

「N町……そんなに遠くから」

少し照れくさそうな顔をした真結さんの前で、私は言う。

「私は妹尾つむぎです。妹尾写真館は亡くなった祖父がやっていたんですが、いまはこちらの彼が……」

私の声に、真結さんは天海さんのほうを向く。

「天海です。僕の仕事はすべて、つむぎさんのおじいさんの受け売りです」

「あの、私まだ信じられなくて……本当にここで、亡くなった人に会えるんですか？」

真結さんが天海さんにたずねる。

「はい。その人に会えるのはたった一度、今日と明日の境目の、十分間だけですが」

「十分間だけ……」

天海さんの言葉に、真結さんがまた黙り込んだ。私はそんな真結さんに聞いてみる。

「あの……亡くなった方というのは……どなたなんですか？」

しばらく考えたあと、真結さんが答える。

「私の幼なじみだった、青柳圭吾《あおやぎけいご》という人です。去年、二十六歳で亡くなりました」

「二十六……まだお若いのに」

私とひとつしか違わない。

「若い分、病気の進行も早かったみたいで……気づいたときにはもう、手遅れだったそうです。彼が亡くなってから、私はそのことを知りました」

真結さんが悲しそうにうつむいた。私はなんと声をかけたらいいのか、わからなくなる。

「だから私は彼に、最後のお別れをしていなくて……でも私なんかが彼に会ってもいいのか、いまでもまだ悩んでいるんです」

「どうしてですか？　彼に会いたくて、こんな遠くまで来たんでしょう？」

「ええ……疑いながらも、その広告のことが頭から離れなくて……」

ゆっくり顔を上げると、真結さんは確認するようにもう一度、天海さんに聞いた。

「本当に……圭吾に会えるんですよね？」

「それは、海老原さんの気持ち次第です」

「え……」

天海さんは真結さんを見つめて言う。

「あなたが心から、圭吾さんに会いたいと思わなければ、彼に会うことはできません」

真結さんが口を結んだ。圭吾さんに会うかどうか、悩んでいるのだ。

「夜までまだ時間があるので、よく考えたらどうですか？　もし会いたいと思ったら、今夜十一時五十五分、二階にあるスタジオに来てください」

天海さんが立ち上がる。

「お昼の用意をしてきます。よかったら海老原さんも一緒にどうぞ」

「そ、そんな、悪いです」

「かまわないですよね？　つむぎさん」

天海さんの声に、私はうなずく。

「ええ、もちろん。N町から運転してきてお疲れでしょう。雨で外へは出られないし。ゆっくりしていってください」

「……すみません」

真結さんが恐縮するように、背中を丸める。

窓の外ではやむことなく、しとしとと雨が降り続いていた。

「おいしい……このおうどん」

天海さんが作ってくれた温かいうどんを食べると、真結さんはほっこりと微笑んだ。

ねぎや油揚げ、卵などを入れて煮込んだ、まさに心も体もぽかぽかとあたたまる煮込みうどんだった。

「たくさん食べてください。おかわりもありますから」

いつの間にか自分の分を食べ終えた天海さんは、そう言い残し、食器を持って台所へ行ってしまった。

「本当においしいでしょう？　天海さんの作るお料理って、全部おいしいんです。お料理の天才なんですよ」

私が言うと、真結さんはくすっと笑って言った。

「天海さんって……つむぎさんの彼氏なんですか？」

突然の言葉に私はお行儀悪く、うどんを噴き出しそうになってしまった。

「ま、まさか！　あの人はただの従業員です。それにまだ会ったばかりだし」

「でもとてもお似合いよ」

真結さんがへんなことを言うから、だんだん顔が熱くなってきた。

「そ、そんなことより、真結さんのお話を聞かせてください。もしかして真結さんは、その圭吾さんって方のこと……」

真結さんは私が言おうとしたことを察したのか、ふっと微笑んで言った。

「圭吾は本当にただの幼なじみなのよ。彼には……北園瑞穂《きたぞのみずほ》っていう彼女がいるから」

私は手を膝の上にのせて、ぎゅっと握った。

「……ごめんなさい」

「やだ、どうしてつむぎさんが謝るの？」

それは真結さんが……とても悲しそうな顔で笑っていたから。

真結さんは持っていた箸を置くと、私に向かって話しはじめた。

「瑞穂はね、私の親友なの」

「そうなんですか……」

そしてバッグの中から一枚の写真を取り出し、私に見せる。

「この人が圭吾で、この子が瑞穂。こっちが私よ。高校生のころの写真だけど」

「みんないいお顔していますね」

高校の制服を着た三人は、無邪気な顔で笑っていた。少し照れたようなやわらかい笑顔が印象的な圭吾さんと、さわやかなショートヘアでしっかり者という感じの瑞穂さん。そしてやさしそうな雰囲気の真結さん。季節はいまと同じ冬なのだろう。三人で寒そうに、体を寄せ合っている。

「でもずいぶん暗いところで撮ったお写真ですね」

私は写真を見ながらつぶやいた。

「ああ、これね。圭吾が星に興味あるって話したら、瑞穂がじゃあ天体観測しようよって突然言い出したの。でも学校帰りだったから望遠鏡とかもちろんなくて、公園で星空の写真を撮ろうと思ったんだけどそれも上手く撮れなくて……寒い日だったなぁ……結局記念撮影だけして帰ってきちゃった」

真結さんは写真を手に、懐かしそうな表情をする。

「圭吾と私はね、同じ団地に住んでいたの。保育園から高校までずっと一緒。男女の幼なじみなんて、普通だったらだんだん離れていってしまうはずなのに、私たちはいつまでも仲がよかった。圭吾といると、なんだか安心しちゃうのよね。きょうだいみたいな感じ？　向こうもそう思ってたのかも」

真結さんがふっと笑って、写真を愛おしそうになでた。私は黙ってそんな真結さんの横顔を見つめる。

「私たちの住んでいた団地は、田舎の高台にあったから、敷地内から星がよく見えたの。小学生のころ、家族が寝静まった時間に家を抜け出して、圭吾と一緒に星を見に行ったりしたのよね」

私は満天の星を頭に描こうと目を閉じる。けれど窓の外で降り続いている雨の音が、それの邪魔をする。

「圭吾はおとなしい男の子で、あんまり外で遊ぶのが好きじゃなかったみたい。私もそんな感じだったから、私たちは気が合った。学校でたまに冷やかされたりしたけど、圭吾がいつもにこにこ笑っているのを見ていたら、私もどうでもよくなっちゃって。そうしたらクラスの子たちも、なにも言わなくなった。私たちが一緒にいるのは、もう当たり前みたいになっていたの」

本当に仲の良いふたりだったのだろう。穏やかに寄り添い合う、ふたりの姿が思い浮かぶ。

「さすがに中学生になったら、学校では照れくさくてしゃべらなくなったけど。でも塾の帰りなんかにたまたま会うと、団地の公園に寄り道して、ふたりでなんとなく星を眺めてみたりして」

「ロマンチックですね」

私の言葉に、真結さんがふふっと笑う。

「ロマンチックっていうか、やっぱり圭吾といると、安心できたのよねぇ……」

「で、高校も同じ学校に進学したんですね？」

「そう。そこで知り合ったのが、瑞穂なの」

真結さんは少し目を伏せ、写真の中の瑞穂さんを見つめる。

「瑞穂はね、私たちとは正反対の性格だった。なんでも見たがって、なんでもやってみたがる行動派。だから慎重派の私たちとは一見合いそうになかったけど、なぜかすごく気が合って……気づくと三人で毎日のようにつるんでた」

そこで真結さんは一回言葉を切り、ふっと微笑む。

「私はきっと、そんな瑞穂の行動力に憧れてたんだと思う。この写真の日だってね、星を見るって決めたら、すぐに行動しちゃうんだもの。あまりにも先走って、失敗することも多かったけど、いつもそれをさりげなくフォローするのが圭吾だった」

真結さんはそう言いながら、愛おしそうに三人の写真をなでる。

「三人でいると楽しくて、瑞穂のことも、長い間ずっと一緒にいる友達みたいに思っていた。この三人の関係が、ずっと続くと思っていたの」

真結さんと圭吾さんと瑞穂さん。写真の中の三人は、本当に幸せそうに見える。

「それなのに……」

真結さんの表情が少し曇った。

「それなのに高校を卒業したら、あのふたりが突然付き合いはじめて……びっくりした。ふたりともそんなそぶり、全然見せなかったから……なんだか私だけ、置いていかれたような気分だった」

私はじっと、真結さんの声を聞く。

「そのあと私は、圭吾と瑞穂と離れて暮らしていたの。でも彼が亡くなった知らせを受けて久しぶりに瑞穂に会ったら、もう見ていられないくらい憔悴《しょうすい》しきっていて……しっかり者だったあの子が、あんなに泣きじゃくっているところ、はじめて見た」

小さく息をはいて、真結さんは口元をゆるめる。

「だけど当たり前よね。彼氏が亡くなったんだから、つらいに決まってる。私なんかよりずっとずっと瑞穂のほうが……」

真結さんは必死になにかをこらえるように、一瞬ぎゅっと唇を結ぶ。

「でも真結さんも、つらかったんですよね？　だったらその想いは、素直にはき出してもいいんじゃないでしょうか？」

私は思わずそう言っていた。そこまで言って、慌てて付け加える。

「あ、ごめんなさい。わかったようなことを言って」

真結さんは私に笑いかけ、静かに首を横に振る。

「そうね、つらかった。いまでもつらい。保育園から高校まで、ずっと一緒だった幼なじみだもの」

そして真結さんは少し考え込むような顔つきをしてから、ぽつりとつぶやいた。

「でも圭吾が好きになったのは……私じゃなかった」

私は真結さんの横顔を、黙って見つめる。

「私のほうが、ずっと長く一緒にいたのに……ね」

一瞬静まり返った部屋の中に、雨の音が響く。その音が耳にこびりついて、どうしてだか離れてくれない。

「圭吾と瑞穂が付き合いはじめたとき、応援してあげなきゃいけなかったのに、私にはそれができなくて……自分から、ふたりと距離を置いてしまった」

「真結さん……」

真結さんが寂しそうに微笑む。

「あのふたりには、もう会いたくなかった。会わないつもりだった。それなのにこんなことになって……仕事も普段の生活も、なにも手につかないの」

口元に手を当てて、真結さんはうつむいた。

真結さんは瑞穂さんに遠慮して、自分の気持ちを封印した――はずだったのに。圭吾さんが亡くなってしまい、その気持ちが崩れてしまった。

「だから私はここで圭吾に会って……自分の気持ちを整理したかった」

つぶやきながら真結さんが、あの新聞広告を座卓の上に置く。

「圭吾に自分の想いを……正直に伝えようと思ったの」

ぐっと胸が痛くなった。

だけどここでなら伝えられる。もう一度、会いたいと思えば会える。どうしても言えなかった想いを、真結さんは圭吾さんに伝えることができる。

「でも……」

真結さんの手が、ぎゅっと新聞広告を握りしめた。

「そんなことをしたら、圭吾に迷惑よね。私が想いを伝えたりしたら、きっとあいつ混乱するに決まってる」

私は真結さんの顔を見つめる。

「圭吾は……やさしいから」

ふっと息をはくように笑った真結さんは、いまにも泣き出しそうだった。

けれど真結さんは泣かないだろう。泣くことさえ、遠慮しているのだ。

コトンと、私たちの前に湯呑みが置かれた。天海さんがお茶を淹れてくれたのだ。

「あ、ありがとうございます」

私が言うと、天海さんは「いいえ」と首を振ってから、うつむいてしまった真結さんを見た。

「それではこのまま、会わないおつもりですか？」

天海さんの声が、雨の音と一緒に響いた。天海さんはきっと、いままでの会話を聞いていたのだ。

「だって……圭吾に迷惑はかけたくない」

「海老原さんはやさしいですね。そうやっていつも相手のことを思いやってあげている。お友達のことも、幼なじみの彼のことも」

「ちがっ……私はやさしくなんか……」

真結さんが顔を上げ、一瞬ためらってから天海さんに言った。

「私はやさしくなんかないんです。あのふたりが付き合いはじめて、本当は悔しくて悔しくて仕方なかった。なにも悪くない瑞穂を憎んで、私を選んでくれなかった圭吾を恨んで……ふたりの前では『よかったね、お似合いだよ』なんて言っておいて、内心『別れればいい』って思っていた。ひどい女なんです、私」

天海さんは黙って真結さんのことを見ている。真結さんはふっと口元をゆるめて、つぶやく。

「それにこうなったのも、私がただグズだったからです。圭吾への想いをいつまでも抱えたまま、なにもできずにいたから、瑞穂みたいな行動力ある子に先を越されてしまった。そんな自分が嫌になるんです」

「だったら……」

真結さんに向かって天海さんが言う。

「やっぱり今夜、自分の気持ちを伝えるべきです」

天海さんは、まっすぐ真結さんの目を見つめる。真結さんの大きな瞳が、かすかに潤む。

「想いをはき出すのなら、今夜しかないです」

真結さんはうつむいて、かすかに体を震わせる。

「真結さん……」

私がそっと真結さんの背中に触れたとき、彼女が涙声でつぶやいた。

「私みたいな女が……圭吾に会う資格なんかないです」

真結さんの声が静かな部屋に響く。

「圭吾だってきっと、私より瑞穂に……」

「そうやってまた、同じことを繰り返すつもりですか？」

天海さんの声が聞こえた。

「自分からはなにも行動しないで、また誰かのせいにして、一生後悔して過ごすんですか？」

「天海さんっ、そこまで言わなくても……」

私の声を最後まで聞かずに、天海さんは出て行ってしまった。真結さんは私の前でうなだれている。

「真結さん……」

しばらく黙り込んでいた真結さんが、ぽつりとつぶやいた。

「圭吾……どうして……」

真結さんの膝の上に、涙がぽたりと落ちる。

「どうして死んじゃったの？　私はもっと圭吾としゃべりたかった。また一緒に星を見たかった。私に笑いかけてほしかった……それなのにどうして……どうして死んじゃったの？」

崩れ落ちそうになる真結さんの体を抱きとめた。真結さんは私の体にしがみつき、声を押し殺して泣いている。

「真結さん……」

「……会いたい」

真結さんの声が耳に響く。

「圭吾に……会いたい……」

真結さんが泣きながら、私の胸に顔をうずめた。私はただ、そんな真結さんの背中をなでてあげるだけだ。

いつまでも降り続く雨の中、真結さんのすすり泣く声も、いつまでも止まろうとしなかった。


「大丈夫ですか？　真結さん」

「はい……もう大丈夫です」

昼間、ずっと泣き続けた真結さんは、外が暗くなってきてやっと、落ち着きを取り戻してきた。

「あの……本当にすみませんでした。取り乱してしまって……お恥ずかしいです」

「いえ」

笑いかけた私に、真結さんもほんの少し笑い返す。

すると居間にいる私たちに、天海さんの声がかかった。

「雨、すっかりやみましたよ」

私と真結さんは、天海さんの立つお店のほうを見た。どこかへ出かけてきたのだろうか。コートを着てマフラーを巻いた天海さんが、いつものように静かに微笑んで外を指さす。

「ちょっと外へ出てみませんか。寒いので、温かい格好で来てくださいね」

こんな夜に外へ？　私は真結さんの顔を見る。真結さんも不思議そうに首をかしげて、私のことを見た。

「うわっ、寒いですね」

ダウンジャケットを羽織ってきたけれど、家の外は想像以上に寒かった。冷え切った夜の空気が、頬をチクチクと刺してくる。真結さんも寒そうに、両手で腕をさすっている。

海辺の田舎町は、この時間にはもう真っ暗だ。家の灯りは早い時間に消え、街灯もほとんどない。

「天海さん。外へ出てどうするつもりなんですか？」

天海さんは、真っ暗な海のそばに立っている。通る人も車もなく、あたりは静まり返っていて、かすかな波の音しか聞こえない。

「星の写真を、撮ってみようと思います」

「星の写真？」

私は真結さんと顔を見合わせたあと、天海さんのほうを向く。よく見ると暗闇の中に、三脚とカメラがセットされている。

私たちは白い息をはきながら、天海さんのそばへ駆け寄った。

「僕も星空の写真はあまり撮ったことがないので、うまくいくかわかりません」

天海さんがそう言って、カメラのファインダーをのぞき込む。

「でも星は綺麗に見えてます。今夜は新月ですし、さっきまでの雨が空の汚れを洗い流してくれたんでしょう」

私はゆっくりと空を見上げた。天海さんの言うとおり、雨雲の去った空には、たくさんの星が瞬いている。なにもない田舎町だけど、真っ暗な分、天体観測には適した場所なのだ。

だけどこんなふうに夜空を見上げたのなんて、何年ぶりのことだろう。

私はそっと隣を見る。隣に立つ真結さんも、空を見上げていた。その頰を、つうっと涙が伝わっていく。

「真結さん……」

真結さんはきっと思い出しているのだ。

それは圭吾さんとふたりで見た星空だろうか。それとも圭吾さんと瑞穂さんと三人で見た星空だろうか。

「写真、撮ってみますか?」

天海さんが、真結さんに向かって言った。視線を下ろした真結さんは、慌てて首を横に振る。

「いえっ、私にはできません」

「大丈夫ですよ。僕が教えますから」

「そんなっ、私なんか……」

後ずさりをしようとしている真結さんの背中を、私はそっと押した。

「真結さん。真結さんは、行動力ありますよ」

「えっ」

私の声に、真結さんが驚いたように振り返る。

「こんなところまで、たったひとりで運転してきたんでしょう？　圭吾さんに会うために。真結さんは行動力のある人です」

「私が……？」

黙り込んだ真結さんに、私は言う。

「真結さん。ここでなら、まだ伝えることはできます」

真結さんが白い息をはいて、私を見る。

「会いましょう、圭吾さんに。会ってちゃんと、真結さんの気持ちを伝えましょう」

「圭吾に……伝える」

「そうです。真結さんならできますよ。ここまでひとりで来れたんですから」

真結さんがぎゅっと手を握りしめた。そしてゆっくり顔を上げると、天海さんに向かって言った。

「あの……私も星空の写真を撮ってみたいです。私に撮り方を教えてください」

天海さんが静かにうなずいた。

暗闇の中に、真結さんが一歩踏み出し、カメラに近づく。そして天海さんに教えてもらいながら、ファインダー越しに夜空を見上げる。

私はそんなふたりの姿を眺めたあと、ひとりでもう一度空を仰いだ。

夜空に散らばる、たくさんの星たち。それは私たちを見下ろすように瞬いている。

祖父もあの星のように、私のことをはるか遠くから、見守ってくれているのだろうか。

「そろそろ時間です」

私は目の前に座る、真結さんに言った。静まりかえった居間には、私と真結さんしかいない。

「会いに行きますか？」

時刻は十一時五十分。もうすぐ天海さんとの約束の時間だ。

真結さんは深く息をすいこみ、それをはいてから私に言った。

「行きます。圭吾は困るかもしれないけど……それでも行きます」

真結さんの目が、私をまっすぐ見つめる。真結さんは今度こそ、圭吾さんに会う覚悟を決めたのだ。

私は黙ってうなずくと、真結さんの手をとり立ち上がった。

居間を出て、真結さんと一緒に二階へ続く階段をのぼる。

私の部屋の前を通りすぎ、薄暗い廊下を進むと、スタジオへ続くドアが見えた。その前で立ち止まり、私はもう一度真結さんに確認をする。

「開けますよ？　真結さん」

「はい。お願いします」

私は真結さんの前で、重いドアを開いた。

「お待ちしていました、海老原真結さん」

薄闇の中で、天海さんの声を聞く。天海さんは今夜も、黒いスーツをきっちりと着ている。

「どうぞ奥へお進みください」

私は真結さんの手をそっと離した。心の中で「頑張って」とつぶやく。真結さんはスクリーンの前に置かれた椅子に向かって、ゆっくりと足を進めた。

「こちらの席に、真結さんの『会いたい人』を呼んでいただきます」

真結さんがかすかに肩を震わせ、小さく息をはく。

「椅子に手をかけて、会いたい人のことを想ってください」

天海さんに言われるまま、真結さんは椅子の背に片手を置いた。そしてもう片方の手を、そっと胸に当て目を閉じる。

緊張している真結さんの姿を見守りながら、私まで胸がどきどきしてくる。

「それでは照明をつけます」

天海さんが撮影用のライトをつけた。スタジオの中がパッと明るくなる。

「真結」

声が聞こえて真結さんが目を開けた。

「あ……」

椅子に座っていた若い男の人が立ち上がり、真結さんに向かって笑顔を見せる。

「圭吾！」

真結さんが勢いよく駆け寄っていく。

「圭吾……本当に圭吾なの？」

「ああ、そうだよ」

「もう苦しくない？　どこも痛くないの？」

震える手で、真結さんが心配そうに圭吾さんの頬をなでる。

「大丈夫だよ。このとおりピンピンしてる……って、死んでるんだっけ、俺」

圭吾さんはそう言って、朗《ほが》らかに笑う。

そういえば祖父も、陽葵ちゃんのお母さんも、梨乃ちゃんも、瑛太くんのお父さんも、とても元気だった。どんな亡くなり方をしても、ここでは元気な彼らに会えるのだ、きっと。

そっと頬から手を離した真結さんに、圭吾さんが言う。

「真結……ありがとな」

「え？」

「俺に会いたいって……思ってくれたんだろ？」

圭吾さんが照れくさそうに少し笑って、真結さんはそっと視線をそらす。

「ごめんね。本当は私じゃなくて、瑞穂に会いたかったよね？」

「そんなこと、思ってないよ」

真結さんの前で圭吾さんが答える。

「俺は真結に会いたかったよ」

「嘘……」

「嘘じゃないって。瑞穂にはさ、ちゃんとお別れ言えたし……まぁ、納得はしてもらえてないだろうけど」

そうだろう。愛しい人の突然の死を、納得できる人なんていない。しっかり者の瑞穂さんが、毎日泣いてしまうほど悲しむのも無理はない。

「でも、真結にはちゃんと、お別れ言ってなかったから」

真結さんがぎゅっと唇を嚙みしめる。そんな彼女に向かって、天海さんが声をかけた。

「そろそろ日付が変わります。あと五分ですよ」

その声と同時に、柱時計が音を鳴らす。真結さんがびくっと肩を震わせ、顔を上げた。

「圭吾っ、私もっ……」

圭吾さんが真結さんの顔を見つめる。圭吾さんの姿はやっぱり透けてきている。

「私も……圭吾に言ってなかったことがあるの！」

「うん」

私は胸の前で、祈るように両手を組んだ。こっちまで心臓が、痛いほどキリキリする。

けれど真結さんは、そこで黙り込んでしまった。

時間がないのに。早く真結さんの気持ちを伝えないと、もう二度と圭吾さんに会えなくなってしまうのに。

不安定に揺れ動く圭吾さんの姿を見つめながら、私はじれったい想いを、ぐっと胸に押し込む。

やがて真結さんが顔を上げた。そして今にも泣き出しそうに顔を歪めて、ぎこちなく微笑む。

「圭吾。いままで……どうもありがとう」

圭吾さんがじっと真結さんを見つめている。真結さんが静かに目を伏せる。

「こっちこそ……」

圭吾さんの声がぽつりと響いた。

「いままで本当に、ありがとう」

真結さんの目から一粒の涙がこぼれて、静かに頬を伝わり落ちる。ガラス窓を流れる、冷たい雨の雫《しずく》のように。

「時間です」

天海さんがそう告げた。壁に掛かった時計の針は、十二時五分をさそうとしている。

「写真を撮らせていただきます。おふたりとも、並んでください」

真結さんが慌てて、服の袖で涙を拭う。

「真結、ここへ来て」

圭吾さんにやさしく呼ばれ、真結さんは椅子に座った彼の隣に立った。

「最後だからさ、笑おうよ」

「圭吾……」

「昔みたいに、な？」

真結さんの隣で圭吾さんが笑った。

圭吾さんの笑顔は、あの高校生のころの写真と変わらない。素直にまっすぐ成長してきた、飾り気のない人なのだろう。真結さんも瑞穂さんも、彼に惹《ひ》かれた理由がわかる気がする。

「では、お撮りします。こちらを向いてください」

天海さんの声に、真結さんは圭吾さんの顔を見つめたあと、カメラに視線を移した。そしてひとり言のように、静かにつぶやく。

「圭吾……大好きだよ」

その声は、圭吾さんに届いただろうか。

真結さんは圭吾さんの隣で、ふんわりと微笑む。

「ああ、とてもいいお顔です」

フラッシュが瞬き、一度だけシャッターが切られた。真結さんの目元に、美しい涙が光る。

そして圭吾さんの姿は、もう真結さんの隣から消えていた。

「いただきます」

朝食の並んだ座卓の前で、一晩うちに泊まった真結さんと一緒に両手を合わせる。

「どうぞ。召し上がってください」

天海さんに言われて、私たちは目の前のおにぎりに手を伸ばす。

今日の朝食は、真っ白なほかほかご飯をパリパリの海苔で包んだおにぎりと、具だくさんの温かい豚汁だった。

おにぎりを一口食べると、パリッとした海苔の食感と磯の風味が口の中に広がって、そのあとご飯のやわらかさとほのかな甘みが加わってくる。

「おいしいです。このおにぎり」

「豚汁もおいしい。すごくあったまります」

「よかったです。おかわりもありますから、たくさん食べてください」

私たちの声を聞き、満足したように天海さんが微笑む。

「本当に天海さんはお料理の天才ね。こんなにおいしいご飯を毎日食べられるつむぎさんが、羨ましい」

私の隣で真結さんが、ささやくように言って笑う。私は肩をすくめて苦笑いをし、温かい豚汁を口にした。

おいしい朝食を食べたあと、真結さんはすっきりとした顔で私たちに告げた。

「本当にお世話になりました」

天海さんはそんな真結さんに、小さな額に入ったモノクロ写真を手渡した。天海さんが写して焼いてくれた、帰らぬ人との最後の一枚だ。

その写真の中で、圭吾さんと真結さんは笑っていた。高校生のころの、あの写真と同じように。

真結さんはそれを愛おしそうに見つめてから、天海さんの前で頭を下げた。

「ありがとうございます。圭吾との写真、大切な宝物にさせていただきます」

そう言って、顔を上げた真結さんが微笑む。

「瑞穂にもいつか……全部話せたらいいなと思っています。私の気持ちも、この写真を写してもらったことも」

私と天海さんはうなずいた。

大切な人を失ってしまった真結さんのことは心配だけど、今朝の顔つきならば、きっと前を向いて歩いていけると信じている。

「真結さんは自信を持って大丈夫ですよ。こんなに綺麗な写真を撮れるんですから」

そう言って天海さんはもう一枚写真を取り出し、真結さんに見せた。

「これは……」

真結さんがその写真を手にとる。それは昨日の夜撮った、星空の写真だった。澄んだ夜空に、美しい星たちが宝石のようにきらめいている。

「素敵……ロマンチックですね」

私がのぞき込んで言うと、真結さんは恥ずかしそうな顔をした。

「でもこれは天海さんが……」

「いえ、真結さんが撮った写真ですよ」

天海さんの声に、真結さんが顔を上げ、そして小さくうなずく。

「ありがとうございます。この写真も大切にします」

真結さんの笑顔が私たちの前に広がる。

「人が亡くなっても、写真は残ります。圭吾さんのことを思い出すときは、いまのような笑顔でお願いします」

「わかりました」

天海さんの声に、真結さんが持っている写真を胸にそっと抱きしめる。

「頑張ってくださいね」

私はそう声をかけてから、付け加えて言う。

「あ、だけど、疲れたときや寂しくなったときは、またここに遊びに来てください。あんまり思い詰めたらダメですよ」

「ええ」

真結さんが私に笑いかける。

「またいつか、つむぎさんと天海さんに会いに来ます」

閉じた傘を持って、真結さんが妹尾写真館から外へ出ていく。私と天海さんもそんな彼女のあとに続く。

昨日の雨が嘘のように、真冬の空は青く晴れ渡り、目の前に広がる海がキラキラと光っている。

大きく手を振って、真結さんを見送った。真結さんの車が見えなくなると、天海さんが私の隣で小さく言った。

「だったらこのお店を、たたむことはできませんね」

「え？」

「いまつむぎさん、言ったじゃないですか。『またここに遊びに来てください』って」

「え、ええ。言いましたけど」

「だからこの店は、いつまでもこのままでなければ駄目なんです」

天海さんはそう言ってふっと静かに微笑むと、私に背中を向けて店の中に入っていった。

「ちょ、ちょっと待ってください！　天海さん！」

私は慌てて天海さんのあとを追う。

言ったけど。たしかに私は、『遊びに来てください』って言ったけど。

『つむぎさんはこのお店を、なくしてもいいと思っていますか？』

いつか聞いた、天海さんの言葉を思い出す。

なくしてもいいなんて、思っていない。いや、なくしたくない。なくしたら駄目だ。

でもどうしたらいいのかわからない。

「つむぎさん」

ぼうっとしていた私に声がかかる。

「お茶にしましょう。いま、おいしい紅茶を淹れますよ」

「ありがとうございます」

ぎこちなく笑った私の前で、天海さんはいつもと同じように穏やかに微笑んだ。

＊

晴れ渡った空の下、私は高校時代の親友瑞穂と一緒に、長い坂道をのぼった。

今日、瑞穂を誘ったのはこの私だ。瑞穂は白い花束を抱えて、私の隣を歩いている。

坂の上に到着すると、瑞穂はため息のような息をはいた。それから花を供え、線香に火をつけ、静かに手を合わせる。私も瑞穂と同じように手を合わせ、静かに目を閉じた。

やがて立ち上がった瑞穂が、遠くの景色を眺めながら、ひとり言のようにつぶやいた。

「ここ……いいところだよねぇ」

春のやわらかい風が吹き、私の髪と瑞穂のスカートがふわりと揺れる。

「遠くに海が見えるし、夜は空にたくさん星が見えるね。きっと毎晩飽きるほど、圭吾は見てるよ。ここから、たったひとりで……」

最後のほうが涙声になり、瑞穂は顔を両手で覆った。

「瑞穂……」

つぶやいた私の前で、瑞穂が顔を上げる。

「ごめん。ダメだね、私。いつまでも泣いてばかりで」

そう言って無理やり笑顔を作る瑞穂に向かって、私は首を横に振る。そして思い切って声を出す。

「瑞穂。あのね、私……瑞穂に話したいことがあるの」

瑞穂が涙を拭いながら私を見る。私はバッグの中から、小さな額に入った写真を取り出した。

「これを……見てくれる？」

写真を手にした瑞穂が、不思議そうな顔をする。

「真結と……圭吾？」

私は静かにうなずく。

「信じてもらえないかもしれないけど……これは圭吾が亡くなったあとに、撮ってもらった写真なの。帰らぬ人との、最後の一枚を撮ってくれる写真館があって……」

瑞穂はじっと写真を見つめている。

「私がそこで願ったの。圭吾に会いたいって」

私は黙ったままの瑞穂に言う。

「私、ずっと……圭吾のことが好きだったから」

ふわっと春の風が吹いた。どこからか飛んできた桜の花びらが、私と圭吾の写った写真の上に落ちる。

「ごめんね……ずっと瑞穂に言えなくて……」

私の目から涙があふれた。瑞穂の前では絶対泣かないつもりだったのに……どうしても涙が止まらない。

「どうして謝るの？」

泣きながら顔を上げると、瑞穂が私を見ていた。瑞穂は涙で潤んだ目で、静かに私に微笑みかける。

「謝らないで、真結。話してくれて、ありがとう」

瑞穂が花びらと一緒に写真を差し出す。

「とってもいい顔してるね、ふたりとも」

私は瑞穂の手から写真を受け取る。

「いつまでも……大事にね？」

瑞穂の声を聞きながら、私は写真を見下ろした。私の隣に座る圭吾は、昔と変わらない笑顔で写っている。

「うん」

私は忘れない。いつまでも、この笑顔を。大事に心の奥にしまって、前を向いて歩いていく。

瑞穂が涙を光らせて笑った。私もそんな瑞穂の前で笑顔を見せる。

圭吾。いつか私たちが行くまで、そこで待っていてね。

そのときはまた、三人で星を見に行こう。そして星空の写真を撮ろう。私が上手な写真の撮り方、教えてあげるね。

だからその日を楽しみに——そこで待っていて。

やわらかい春風に、桜の花びらが飛ばされた。風に乗って空に舞い上がる花びらを、私と瑞穂は並んで見上げた。

第六章

最後の思い出

SENOO PHOTO STUDIO
Minase Sara Presents

「ごめんねぇ、つむぎちゃん。一度そっちに行って、今後のことを話さなくちゃとは思ってるんだけど、なかなか仕事を休めなくて」

「大丈夫です。できることは自分でやっていますから」

「また連絡するわね」

「はい。ありがとうございます」

叔母との電話を切ると、私は小さくため息をついた。

私の両親は、私が二歳のころ、交通事故でふたり同時に亡くなった。私は両親のことを、まったく覚えていない。

隣の町に住む叔母は、亡くなった母の妹だ。二歳までの私は、叔母によく懐いていたという。そして祖父は、亡くなった父の父。

両親を一度に失った私は、もともと同居していた祖父とふたりで暮らすことになり、仕事と三人の子どもの子育て、それから義父母の介護に忙しかった叔母とは、ほとんど疎遠になった。

だから私にとって叔母は、『たまに会うおばさん』くらいの存在になっていて、叔母も今さら私に、どう関わってよいのかわからないのかもしれない。

でもそんな叔母以外に、祖父のことを相談できる親戚はいないから、いま私が心から頼れる人間は誰もいないのだ。

しっかりしなくちゃ。私だってもう大人だ。しっかりと自分で、これからのことを考えなければ。

「つむぎさん」

スマホを握ったまま、おそらく難しい顔をして考え込んでいた私に、天海さんの声がかかった。今日は天海さんと一緒に、店にある祖父の仕事道具の整理をしていたのだ。

「このお店のことですか？」

「ええ、叔母と相談することになっているんですが、忙しいみたいで」

「つむぎさんはこのお店を、どうしたいと思っていますか？」

カウンターの向こう側で、カメラを手にしながら天海さんが聞いた。私はまたため息をつく。

「わからないんです。どうしたらいいのか」

そうつぶやいて、私はお店にあるお客さん用のソファーに腰を落とした。私が小さいころからここにある、アンティーク風のふたり掛けソファーだ。

「祖父の作ったこの店を、なくしたくはありません。でも私ひとりでこの店を継ぐ自信はないし、お客さんが来ないこんな店に、いつまでも天海さんにいてもらうわけにもいきません」

「僕なら、大丈夫ですよ」

「いえっ、だって……お給料……払えないし」

「お給料は最初からいただいていません」

「えっ」

私は驚いて天海さんを見た。天海さんはいつもと変わらず、落ち着いた表情のままだ。

「その代わり、家賃も払わずこの家に住ませてもらって、食事もいただいていましたので」

「でもっ、そんなっ……」

「僕が無理やりここに置いてほしいと、妹尾さんに頼んだんです。まぁ、少しの貯金はありましたから」

いくら貯金があったって、二年間もこんな寂れた写真館でタダ働きなんて……この人、なにを考えているの？

「あの、天海さんは……どうしてこの店で、働きたいと思ったんですか？」

私はずっと気になっていたことを聞いてみた。天海さんは、少し笑って私を見る。

「聞きたいですか？」

「はい。聞きたいです」

同じ屋根の下で寝起きして、同じ食事を食べていても、私は天海さんのことをまったく知らなかった。だからなんだかどきどきしながら、天海さんの返事を待つ。

「僕は小学生のころ……ここに来たことがあるんです」

「え？」

「一週間ほど、ここで暮らしていました」

ぽかんと口を開けた私を見て、天海さんはまたかすかに微笑んだ。

「僕が十歳、小学四年生のとき、遠くの町から電車に乗って、ひとりでここへ来ました。この店で亡くなった人に会えるという噂を聞いたからです」

天海さんが亡くなった人に会いに？　誰に会いたくて来たのだろう。

「そのときって……私は……」

「つむぎさんは五歳でした。ちょうどこのころですね」

天海さんが壁にかかった写真を指さす。そこには髪をふたつに結んでリボンをつけた私が、お気に入りだったうさぎのぬいぐるみを抱き、写真に写っている。

「……覚えてないです」

「そうでしょうね、五歳ですから。でも僕はよく覚えていますよ」

私は恥ずかしくなって肩をすくめた。そんな小さなころの私を、天海さんが知っていたなんて。

それにあの仕事が、そんな昔から行われていたことも衝撃だった。噂や口コミで知り、どのくらいの人が来たのかは知らない。だけど真夜中にあのスタジオで、あんなことが行われていたとは……いくら祖父が隠していたとはいえ、すぐ近くの部屋で眠っていたのに、まったく気づかなかった。

実は私はすごく寝つきがよくて、眠ると朝まで一度も目を覚ますことがない。だから気づかなかったのだろうか。それにしても鈍感すぎて、自分で自分にあきれてしまう。

「噂を聞いてここに来たって……天海さん、どなたか会いたい人がいたんですか？」

「はい。僕は亡くなった両親に会いに来たんです」

「ご両親に？」

そういえば天海さんも、小学生のころに両親を亡くしたと言っていた。

「つむぎさんと同じように、僕の両親も事故でふたり揃って亡くなったんです。小学生だった僕も一緒に車に乗っていましたが、僕だけ奇跡的に助かりました」

「そうだったんですか……」

天海さんは静かにうなずく。

「ひとりぼっちになってしまった僕は、親戚の家に預けられていました。その家の人たちはみんないい人ばかりで、伯父も伯母も、年の離れたいとこたちも、僕をかわいがってくれました。あの悲しい出来事を早く忘れるようにと、気づかってくれていたようです」

私は小さかった天海さんの姿を想像する。さっきまで一緒に笑っていた両親を、目の前で一瞬にして失ってしまうなんて、どんなにつらかったことだろう。幸いやさしい親戚に引き取られたようだが……。

「僕は彼らの想いに応えたくて、両親のことは忘れようと努力しました。伯父と伯母を本当の親だと思って、生きていこうと決めたんです。だから墓参りに行くことも避け、両親を思い出すようなものは全部捨てました。遺品も、写真も、全部。過去を思い出して泣くなんて、しちゃいけないことだと思っていました」

そこまで言って、天海さんはかすかに口元をゆるめる。

「でもやっぱり、無理をしていたんでしょうね。何年か経ったころ、急に苦しくなって……父と母に会いたいと強く思うようになりました。だけどそんなことはもちろん無理で、いっそ死んでしまったら会えるのかなと考えてみたり……」

「だ、だめです！　そんなこと考えたらっ」

つい叫んでしまった私を見て、天海さんが笑う。

「ずっと昔の話ですよ。いまはそんなこと、思っていません」

天海さんはカウンターの上にカメラを置くと、こちらに来て、私の隣に腰かけた。私は隣に座る、天海さんの横顔を見つめる。

「そんなとき偶然、大人たちが話している噂を聞いたんです」

「おじいちゃんがやっていたこの店の？」

「はい。帰らぬ人との写真を撮ってくれるという、妹尾写真館の噂です」

「それで天海さん、うちまで来たんですか？」

「そうです。半信半疑でしたけど、とにかくなにかにすがりつきたかったんだと思います。もちろん、伯父と伯母には内緒で。ふたりには、ひどく悪いことをしている気分でした」

そう言って天海さんは口元をゆるめ、小さく息をはいた。

「そ、それで、天海さんはおじいちゃんに会ったんですね？」

「ええ。ここに来たら、無事に到着できた安心感からか、すごくほっとして。はじめて会った妹尾さんに、自分の苦しさを全部はき出してしまいました。そうしたら妹尾さんは、僕にこう言ったんです。『お父さんとお母さんのことは、無理に忘れなくていいんだよ』と。その言葉に、僕は救われました」

幼かった天海さんに、祖父がそう言ったときの、穏やかな表情が目に浮かぶ。

「真夜中、僕は父と母に会えました。そのとき、僕は両親が亡くなってはじめて、思いきり泣くことができたんです」

天海さんの視線が壁際に移る。私も一緒に視線を動かし、「あっ」と小さく声を上げた。

「もしかして、あの写真……」

壁に掛けられている一枚のモノクロの家族写真。やさしく微笑む両親と、その間に立っている男の子。男の子はぎゅっと唇を引き結び、カメラのレンズを睨むように見ている。

いままでは、この店で撮影してくれたお客さんの、ただの家族写真だと思っていたのに。

「そうです。あれは僕たち家族の写真です。妹尾さんが、最後の思い出に撮ってくれました。だけど伯父と伯母のことを思うと、どうしても持ち帰ることができずに、ここに置かせてもらったんです。両親のことを思い出したら、またここにおいでと、妹尾さんは言ってくれました」

「そうだったんですか」

私は立ち上がり、壁に飾られた写真に駆け寄った。

「そんなにじっと見ないでください。僕、すごく変な顔をしているから」

その声に、思わずふふっと笑ってしまった。天海さんも、私と同じことを言っている。

振り返って、私は首を横に振った。

「いいえ。すごくいいお顔です。三人とも」

私の声に、天海さんが微笑んだ。そしてソファーに座ったまま、私を見上げて言う。

「そのとき、つむぎさんに会ったんですよ。もう少しここにいさせてほしいとわがままを言って、一週間この家に置いてもらったので。伯父と伯母には妹尾さんが電話をしてくれて、両親の古い友人の家に僕が訪ねてきただとか上手く嘘をつき、しばらくここに泊まることを許可してもらいました」

「おじいちゃん……すごい。そんな才能があったなんて」

天海さんがおかしそうに笑う。

「そうですね。下手したら誘拐犯と間違われてもおかしくなかったのに」

私もくすっと笑って、もう一度天海さんの隣に座る。

「そのころの私って、どんなでした？」

「かわいかったですよ、すごく。おじいさんのあとを、ずっとついて回っていました。写場へ行くときも、暗室へ行くときも」

なんだかすごく恥ずかしい。

「でもそんなつむぎさんのことを、妹尾さんは面倒がるどころか、とてもかわいがっていました。ふたりはお互いを必要とし合っているんだなって、僕はそのとき思ったんです」

「必要とし合っている……」

「きっと妹尾さんにとっても、つむぎさんは必要な存在だったんですよ」

「私が……?」

そんなこと、一度も考えたことがなかった。私は祖父の、お荷物でしかないと思っていたから。

「ああ、そうだ。あのぬいぐるみをあげたのは、僕なんです」

「えっ」

天海さんは笑って、私の五歳の写真を指さした。私が抱いている、うさぎのぬいぐるみ。いつ、誰からもらったのかは覚えていなかったけど、かなり大きくなるまで大事にしていたお気に入りだったぬいぐるみだ。

「ちょうどつむぎさんの五歳の誕生日の日、僕はこの家にいたので、あのぬいぐるみを駅前のおもちゃ屋で買ってきてプレゼントしたんです。そうしたらつむぎさん、すごく喜んでくれて、誕生日写真もこの子と一緒に撮りたいと言い、離しませんでした」

「それで私、この子を抱いて撮ったんだ」

　天海さんがうなずく。

「僕はその撮影をするところを見ていたんです。妹尾さんはファインダー越しに、本当に愛おしそうにつむぎさんのことを見つめていました。そしてつむぎさんも、本当に嬉しそうな表情でレンズを見つめていました」

　私は誕生日のたびに、私を撮影してくれた祖父のことを思い出す。私は祖父に写真を撮られるのが、大好きだったのだ。

「僕はそのとき思ったんです。僕もこんなふうに、写真を撮ってみたいって。妹尾さんのように、撮る側と撮られる側の心が通い合うような撮影をしてみたいって思ったんです」

　天海さんに祖父のことを褒めてもらえて、なんだか胸がくすぐったい。

「それで天海さんは、写真の仕事をしようと？」

「はい。伯父と伯母のもとへ戻ってから、写真の勉強をしたいと伝え、高校卒業後、専門の学校へ進みました。卒業してすぐに僕はもう一度この町へ来て、妹尾さんに『ここで働かせてほしい』と頼みました」

「そんなことがあったなんて……」

「断られてしまいましたけど」

天海さんがそう言って笑う。

「将来のある若い子が、こんな店で働いていては駄目だ。別の場所で、もっと新しいことを学びなさい、と」

「新しいこと……」

「妹尾さんはこの店のやり方が、いまの時代と合っていないとわかっていました。だから僕には、新しいことを学ばせた。だけど妹尾さん自身は最後まで、この店の写真師として、やり方を変えるつもりはないと思っていたんです」

祖父は私にも、自分のやり方を変えるつもりはないと言っていた。ただ頑固なだけかと思っていたが、それは祖父の、それだけは譲れない信念だったのかもしれない。

カタカタと店の入り口の引き戸が音を立てた。今日外では、冷たい風が吹いている。だけどこの店の中は、ぬるま湯につかっているかのように暖かい。

「それで、それから天海さんはどうしたんですか？」

「東京へ出て、カメラマンのアシスタントをしていました。そのあとは……」

天海さんの言葉が途切れた。それと同時に、ガラス戸がカラリと開く。

吹き込んできた強い風に、目を細めながら顔を向けると、そこには女の人が立っていた。

ゆるく巻いた長い髪にキャスケット帽を深くかぶり、サングラスをかけている。

お客さん？　鮮やかなピンク色のコートをさらっと羽織《はお》ったその姿は、まずこの町の人間ではなさそうだった。

「やっと見つけた」

女の人がそう言って、サングラスをはずし、微笑を浮かべる。

「えっ……」

見たことのある顔。でもまさか……そんなはずはない。

「すごく捜したのよ。天海咲耶さん」

私は驚いて天海さんの顔を見る。天海さんはソファーに腰かけたまま、彼女の顔を黙って見上げていた。

「……どうぞ」

居間の座卓の前に座っている女の人に、私は紅茶を差し出した。その手がかすかに震えていて、カップがカチャカチャとみっともない音を立てる。

「ありがとう」

女の人が微笑んで、私に会釈《えしゃく》した。ちらりと彼女の前を見ると、天海さんがいつもより硬い表情で座っている。

私は彼の前にもカップを置くと、その場から立ち去ろうと声を出した。

「では私はこれで……」

「あら、もしよかったら、あなたもここにいて？　この写真館の方なんでしょう？」

女の人が顔を上げて私を見る。長いまつ毛、透き通るような肌、瑞々《みずみず》しい唇……その美しさにどきっとして、言葉がしどろもどろになってしまう。

「え、ええ。私は妹尾つむぎと申します。ここは祖父の写真館でした。一か月ほど前に亡くなってしまいましたけど……」

「亡くなった？　それはお気の毒に」

私が小さく頭を下げると、女の人はそっと長いまつ毛を伏せてから、私に言った。

「突然お邪魔してごめんなさい。私は日高碧衣《ひだかあおい》といいます」

自己紹介してもらう必要もなく、私は彼女のことを知っていた。いや、彼女を知らない人のほうが少ないだろう。

いま目の前に座っているのは、少し前までテレビドラマや映画で何本も主演をつとめていた有名若手女優、『日高碧衣』だ。

私は彼女の出ていたドラマを全部チェックしていた。映画も映画館ですべて観た。若いのに演技力があって、私は何度泣かされたことだろう。

つまり私は日高碧衣のファンなのだ。その彼女が私の家の居間に座ってお茶を飲もうとしている……ああ、もっとちゃんと部屋のお掃除しておくんだった。

「い、いいえ。こんな狭い部屋に上がっていただいて……なんかすみません」

「ううん、そんなことない。私の実家に似ていて、すごく落ち着く」

碧衣さんは私に微笑み、「いただきます」と言ってカップに口をつけた。おそらく私とそんなに年が変わらないはずなのに、やけに落ち着いている。はじめての場所でもこれだけ堂々としていられるのは、やっぱりあの世界の人だからだろうか。

カップを置いた碧衣さんは、ふうっと一息つき、天海さんに向けて静かに口を開いた。

「天海さん。あなたが私にしたこと、覚えているでしょう？」

その言葉に、私はどきっとする。

「はい……覚えています」

天海さんが答えると、碧衣さんはふっと笑った。

「ずいぶん捜したのよ。どうしてもあなたに会いたくて」

「すごい執念ですね。僕に会って、どうするつもりですか？」

碧衣さんはそれには答えず、もう一度カップに口をつける。爪に施された春色のネイルアートがキラキラと光っている。

私はそんなふたりの様子を、不安な気持ちで見守っていた。誰もが知る有名女優さんと、祖父を慕ってこの店に来た天海さん。このふたりはいったい、どういう関係なのだろう。

すると私の気持ちを察したのか、碧衣さんが少し笑ってこう言った。

「つむぎさん、教えてあげましょうか？　私ね、この人に人生めちゃくちゃにされたのよ」

「え……」

「知らない？　二年前、私と不倫相手のキスシーン、写真週刊誌にスクープされたこと」

「あ……知ってます」

日高碧衣の不倫騒動は、当時世間を大きく騒がせた。清純派女優だった彼女が、妻子ある年下ミュージシャンと関係を持っていたと、毎日のようにテレビのワイドショーで報道されていたのだ。

そしてその発端となったのは、写真週刊誌に載った一枚の写真だった。

「そのとき私の写真を撮ったのが、この人だったの」

「天海さんが……？」

私は天海さんに顔を向けた。天海さんはじっと、カップの中の紅茶を見下ろしている。

「あのあと私は世間から叩かれて、すっかり仕事を干されてしまった。慌てた不倫相手は奥さんの元へ逃げ帰ったあげく、私が彼を誘っただとか、でたらめな証言をテレビの前ではいた。イメージを壊したせいで、スポンサーや事務所、それに奥さんにまで慰謝料を払って、もう私にはなにも残らなかった」

碧衣さんが自嘲して、天海さんに言う。

「よかったね、天海さん。大スクープが撮れて満足だったでしょ。ねぇあの写真、いくらで売れたの？　人のプライベート盗み撮りして大金もらえるなんて、いいお仕事よね。それなのにどうして辞めてしまったの？」

私は驚いて天海さんの顔を見る。けれど天海さんは、黙ったままなにも言おうとしない。

「私、腹が立って、いろいろ調べさせてもらったんだけど。あなたあの写真を撮ったあと、業界から姿を消したのよね？　どうして？」

しばらく黙っていた天海さんの口元が、ゆっくりと動く。

「写真が……上手く撮れなくなったからです」

その言葉に、胸がぎゅっと痛んだ。

「カメラを持つと手が震えてしまって……それであの仕事を辞めました」

「それ、罪の意識ってやつ？　私に悪いと思ったから？　そんなこといちいち気にしていたら、あんな仕事できないでしょ？」

「できないから辞めたんです。僕が甘かった。みんなが必死にやっている世界で、中途半端な気持ちでやっていた僕が甘かったんです」

天海さんが視線を下に向ける。私はそんな天海さんに、かける言葉が見つからない。

すると私たちの耳に、碧衣さんの声が聞こえた。

「あのね、あなたが責任感じることは全然ないの。たしかに最初はあなたのこと恨んだけど、いまではむしろ感謝したいくらい。だって騒動のおかげで、あの男が嘘つきのクソ野郎だってわかったし、なにもかも失って、すっかり初心に戻れた気がする」

碧衣さんはカップに手を伸ばし、紅茶を一口飲んで息をつくと、静かに言った。

「だから天海さん、あなた東京に戻ったら？　あなたが元の世界に戻ってくれないと、私があなたを追放したみたいで後味悪くて……それを伝えたくて、必死にあなたのことを捜したの」

「いえ、いいんです。僕はここで」

天海さんがきっぱりと言った。

「日高さんにそう言っていただけるのは嬉しいですけど、僕はもうあの世界に戻る気はありません」

「どうして？　もしかしてまだ写真が撮れないの？　でも写真館で働いているんだから、そんなことないんでしょ？」

「ええ……」

「じゃあやればいいじゃない」

不満げな顔つきの碧衣さんに向かって、天海さんが言う。

「二年前、日高さんの写真を撮ったとき、僕は妹尾さんのことを思い出したんです」

「おじいちゃんのことを？」

私はつい口を出してしまった。天海さんが私のほうを向き、静かにうなずく。

「はい。妹尾さんが写真を撮った、つむぎさんの五歳の誕生日を思い出したんです。あの日、妹尾さんはつむぎさんと、心が通じ合う写真を撮っていた。僕はそういう写真を撮りたくて、この道に進んだはずだったんです」

そうだ。さっき天海さんはそう言っていた。

「それなのにあのころの僕は、撮られる人の気持ちなんか考えたこともなかった。ただシャッターを何枚も切って、編集部や世間が喜ぶ、金になる写真が撮れればいいと思っていた。日高さんの気持ちなんか、これっぽっちも考えていなかったんです。すみません」

碧衣さんが黙り込む。天海さんはそんな碧衣さんに向かって言う。

「あの仕事が悪いとは思いません。ただ僕には向いてなかったんです。もう戻る気はありません」

私は天海さんの横顔を見つめた。天海さんはじっと碧衣さんを見ている。碧衣さんは小さく息をはき、静かにつぶやく。

「そう。あなたがそうしたいのなら、それでいいけど……」

「あの……」

私もつい口を挟んだ。

「碧衣さんは……またあの世界に戻ろうとは思わないんですか？」

碧衣さんがゆっくりと私に顔を向ける。

「もう十分償いはされたんでしょう？　私はまだ、碧衣さんのことを待っている人たちがいると思うんです。碧衣さんこそ、あの世界に戻るべきです」

たしかに不倫報道でイメージダウンはしたものの、根強いファンや業界の人たちが、彼女の復帰をいまだに待っていることを知っている。それほど彼女には、女優としての才能があるのだ。そしてもちろん私も、彼女の演技をまた観たいと願っている。

しばらく黙ってしまった碧衣さんは、ふっと息をはくように笑って言う。

「ありがとう。私も、戻れるものなら戻りたいと思ってる。仕事がなくなって、デビュー前のことを思い出していたら、やっぱり私の居場所はあそこだったんだって思って……」

「そうですよ。碧衣さんなら大丈夫です。もう一度テレビに出て、あんな男見返してやればいいんです」

「でも私……」

碧衣さんがうつむいてしまった。それからなにかをじっと考えてから、ぽつりとつぶやいた。

「私……カメラが怖いの」

「カメラが……怖い？」

天海さんの声に、碧衣さんが力なくうなずく。

「そうなの。カメラを向けられると体がこわばって、上手く笑えなくなってしまった」

そう言って、碧衣さんはあきらめたような笑みをもらす。

「こんなんじゃ、女優の仕事なんか無理よ。だから私もこのままでいいの」

碧衣さんが、バッグを腕に掛けて立ち上がる。

「ごめんなさい。最後のは聞かなかったことにして。こんなこと言うために、あなたに会いに来たんじゃないから」

天海さんは黙って碧衣さんの顔を見上げている。碧衣さんはそんな天海さんに笑いかける。

「あなたがいまも、カメラの仕事をしているのならそれでいいの」

そして私に顔を向け、早口で言う。

「それじゃあ、つむぎさん、お邪魔しました。さよなら」

「あっ、碧衣さん！」

碧衣さんが逃げるように外へ出て行く。

「碧衣さんっ、待ってください！」

私は立ち上がって、そのあとを追いかける。

ちらりと後ろを振り返ると、天海さんがうつむき加減で、ぎゅっと両手を握りしめていた。


「碧衣さん！」

早足で歩いていた碧衣さんが立ち止まる。海辺の防波堤まで来て、私はやっと碧衣さんに追いついた。

「あのっ……ちょっとお話……いいですか？」

防波堤に立った碧衣さんが、ため息のような息をはく。真冬の空は青く、風は冷たい。碧衣さんの着ている、ピンク色のコートが風に揺れている。

「いいけど」

そう答えた碧衣さんは、風になびく髪を片手で押さえて海を見た。その姿はこんな田舎の片隅に立っているだけで、まさに『絵になる』。この人はきっと、生まれながらに人を惹きつける才能があるのだ。やはりこのまま芸能界を引退してしまうなんて、本当にもったいない。

「碧衣さんは……やっぱり二年前のことを、後悔しているんじゃないですか？　あの騒動があったからこそ、不倫相手とも別れて初心に戻れたって言うけれど、でもあの写真が週刊誌に載らなければ、碧衣さんはまだあの世界にいられたわけですし……だからカメラを見るとあのときを思い出して、上手く笑えなくなってしまったんではないですか？」

私の言葉を聞き終えると、碧衣さんはそれには答えず、両手を空に上げて大きく伸びをした。

「気持ちいいのねぇ、ここ」

「え……」

私は戸惑いながら、言葉を返す。

「なんにもない場所ですよ？」

「でも私が生まれた町にすごく似ている。双子の妹とよく、海沿いの道を競争するように走って家まで帰ったっけ」

碧衣さんはそう言って、懐かしそうな目で海を見る。

「碧衣さんも……こんな町に住んでいたんですか？」

「そうよ。海のそばのね。本当になんにもない田舎町だった」

ちょっと意外だった。私の中の日高碧衣は、都会のオシャレなマンションで生活しているイメージしかなかったから。

「妹さんと、仲がよかったんですね。私はひとりっ子だったから、姉妹がいるなんて羨ましいです」

私の声に、碧衣さんは振り向いて、嬉しそうに微笑む。

「ええ、妹とはとても仲がよかったの。娯楽のない町だったから、海や山を駆け回るか、雨の日はふたりでいつもテレビドラマを観ていた。観終わるとふたりで登場人物になりきって、台詞《せりふ》を言い合ったりしてね。楽しかったなぁ……」

碧衣さんが澄んだ空を見上げる。

「それで女優さんになろうと思ったんですね？」

「そう、妹と一緒にね。高校出たら上京して、バイトしながら、お風呂もないボロアパートにふたりで住んで、オーディションを片っ端から受けた。ふたりとも落ちまくってたけど」

碧衣さんは懐かしそうにふふっと笑う。

「でも楽しかったの。貧乏もなにかの役柄みたいに思ってた。ほらよくあるじゃない。底辺から這《は》い上がって、ビッグスターになるサクセスストーリー。そんなのに憧れて、ふたりで泣いて笑って励まし合った。絶対有名になって、テレビや映画で主演やるんだって、誓い合ってね。だけど妹は突然病に侵されて、半年後に帰らぬ人になってしまった」

「えっ……」

胸がぎゅっと痛くなる。そんな私の前で、碧衣さんは話を続ける。

「ちょうどそのころ、私はオーディションに受かったの。はじめての映画出演だった。私はそれから死にもの狂いで挑戦してきた。妹の分まで、絶対有名になってやるって。その根性で、私はあの地位を勝ち取ったわけ」

碧衣さんは私を見て、いたずらっぽく笑った。

「すごいです。それだけの根性……私にはないです」

「そこまで頑張ってこられたのは妹のおかげよ。だから今、あの子に聞いてみたい。妹は……朱音《あかね》は……こんな私のこと怒っているかな……」

海に目を向け、碧衣さんがつぶやく。

「二年前のこと、後悔しているわけじゃないの。勇気がないだけ。もう一度あの舞台にのぼる、勇気がないのよ」

私は黙って碧衣さんの横顔を見つめた。

遠くから船の汽笛が聞こえる。空を海鳥がすうっと横切る。

いま、この寒々しい防波堤に立っている碧衣さんに、私はもう一度、きらびやかな舞台に立ってほしいと思う。だけど私にはなにもできない。碧衣さんの力になれるのは私ではない。だったら誰が……誰だったら、彼女の背中を押して、舞台に立たせることができるのだろう。

「碧衣さん」

私は碧衣さんの隣に立ち、その手をぎゅっと握りしめた。

「聞いてもらいたいお話があるんです。もう一度、写真館に来ていただけませんか？」

「聞いてもらいたい話？」

「はい。お願いします」

碧衣さんの手は冷たくて、私はもう片方の手も添えて、そっと彼女の手を包み込んだ。

碧衣さんを連れて写真館に戻ると、天海さんは驚いた顔をした。私はお店のソファーに碧衣さんを座らせて、天海さんを呼ぶ。

「天海さんもここへ来てください。聞いてもらいたいお話があるんです」

私が言うと、天海さんがゆっくり店に出てきた。そして碧衣さんの顔を見て、気まずそうに会釈する。碧衣さんもそんな天海さんに、小さく頭を下げた。

「碧衣さん。これを見ていただけますか？」

私は店の棚にしまっておいた、一枚の紙切れをソファーの前のテーブルに置いた。以前、瑛太くんが持ってきた新聞広告の切り抜きだ。

「これは？」

碧衣さんがそれを見て、首をかしげる。

『帰らぬ人との最後の一枚、お撮りします。妹尾写真館』

たしかにいきなりこれを見せられても、ピンとこないだろう。

「これはうちの店の、新聞広告です」

「どういうこと？」

「実はこの写真館の二階のスタジオで、亡くなった方と一度だけ、一緒に写真を撮ることができるんです。私の祖父が、ひっそりと続けてきた仕事なんです」

「え……」

碧衣さんは驚きとも、戸惑いともとれる、微妙な顔つきをした。

「このお店で？　亡くなった人と？」

「はい。もし碧衣さんが亡くなった方に会いたいと強く思うなら、その方と今夜会うことができます。たった十分間だけですけど」

「そんなことって……」

碧衣さんがそっと手を伸ばし、新聞の切り抜きを持った。そしてじっとその文字を見つめる。

「私……妹に会いたい」

やがて碧衣さんがぽつりとつぶやいた。

「妹の朱音に会って、いまの私をどう思っているか、聞きたい」

「碧衣さんはそうおっしゃると思っていました」

切り抜きをテーブルに戻すと、碧衣さんは顔を上げて私に聞いた。

「でもおじいさんは亡くなられたんでしょう？　誰がそんな写真を……」

「彼が撮ります」

私がそう言って振り返ると、天海さんは「えっ」と小さく声を漏らした。

「彼は祖父の仕事を受け継いでくれました。きっと心を込めて、最後の思い出写真を撮影してくれるはずです」

どこかぼんやりとしている天海さんに、私は言う。

「そうですよね？　天海さん！」

その声に天海さんは、はっと我に返ったように碧衣さんを見る。そしてかすれる声でつぶやいた。

「はい……僕が撮ります」

碧衣さんがじっと天海さんの顔を見つめる。天海さんは姿勢を正して、もう一度碧衣さんに向かって言う。

「僕に、碧衣さんと妹さんを撮らせてください」

静まり返った部屋に、壁に掛かった時計の針が、コチコチと音を響かせる。時刻はもうすぐ午後十一時五十分。あと五分で、天海さんとの約束の時間だ。

碧衣さんは両手をぎゅっと重ね合わせて、深く息をはく。

「大丈夫ですか？」

かすかに震える碧衣さんに、私は聞いた。

「ええ、でもすごく緊張しちゃって」

「やっぱりカメラは怖いですか？」

私の声に碧衣さんがゆるりと首を横に振る。

「わからないの。もうずっと、写真なんか撮られてなかった。上手く笑えるかどうか……」

「上手く笑う必要なんてないですよ」

私は碧衣さんに向かって言う。

「表情を作る必要も、ポーズをとる必要もありません。この写真は人に見てもらうものではないんです。妹さんとの、最後の思い出作りなんですから」

「思い出作り……」

「そうです。今夜の碧衣さんはひとりじゃないんですよ」

碧衣さんがうつむいた。そしてもう一度息をはいてから、静かに顔を上げる。

「朱音と一緒なら……大丈夫な気がする」

私はうなずくと、碧衣さんの前に手を差し出した。

「行きましょうか」

「はい」

碧衣さんは私の手に、やわらかくて白い手を重ね、ほんの少し笑顔を見せた。

薄暗い廊下を、碧衣さんの手を引いて歩く。彼女の手は、やっぱりまだ震えている。いくつもの大きな舞台を経験してきたはずの彼女でも、こんなに不安になることがあるのだと、私は親近感を覚えてしまう。

「碧衣さん」

スタジオのドアの前で立ち止まった。中は静まり返っている。

「開けますよ」

碧衣さんがうなずいたのを確認して、私はドアを開く。薄暗い部屋の中、黒いスーツを着た天海さんの姿が目の前に現れる。

「日高碧衣さん、来てくださって、ありがとうございます」

うつむき加減の碧衣さんが、小さくうなずく。

「どうぞ奥へお進みください」

碧衣さんの手が私から離れた。そしてスクリーンの前の椅子に向かって、ゆっくりと進む。

「こちらの席に、碧衣さんの『会いたい人』を呼んでいただきます」

「私が呼ぶの？」

「そうです。その椅子に手をかけて、会いたい人のことを想ってください」

碧衣さんが椅子の背に手を置いた。その手はかすかに震えている。私は胸の前で両手を組み、祈るように碧衣さんの姿を見つめる。

長いまつげを伏せた碧衣さんは、声を出さずに口元を動かした。「あかね」と。

「それでは照明をつけます」

その声に弾かれたように、碧衣さんが目を開く。まばゆいライトの下で、椅子に座る女性が微笑みかける。

「朱音！」

碧衣さんが叫んで駆け寄った。座っていた女性がゆっくりと立ち上がる。

「本当に朱音なの？」

「そうだよ、碧衣」

朱音さんがにっこりと微笑む。その笑顔は碧衣さんとそっくりだった。

「朱音……会いたかった」

「私もだよ」

抱きついた碧衣さんの背中を、朱音さんがやさしくなでる。

「いろいろ大変だったね、碧衣」

朱音さんの声に碧衣さんが体を離し、首を振る。

「朱音は怒っているでしょう？　私のこと」

「どうして？」

「私があんな男に騙されて、いままで応援してくれた大勢の人たちを裏切って……」

「そうだね。碧衣は本当にバカなことをしたよ。でもそのあと苦しんで、ちゃんと償いをしたんだから、もう自分を許してあげたら？」

碧衣さんが顔をうつむかせる。

「戻りたいんでしょう？　あの場所に」

朱音さんがやさしくたずねると、碧衣さんは小さく答えた。

「でも……勇気がないの」

「なに言ってるの？　もう失くすものはなにもないんだよ。デビューする前やデビューしたばかりのころと同じ。あのころのように、また最初から頑張ればいいんだよ」

「あれは、朱音のために頑張っていたから……」

碧衣さんが泣きそうな声で言う。すると朱音さんが、碧衣さんの背中をまたやさしくなでる。

「碧衣。もう私のために頑張らなくていいよ」

その声に、碧衣さんが顔を上げた。

「碧衣は人に気を遣いすぎ。ここへ来たのも、本当はあのカメラマンの彼のことが、心配でたまらなかったんでしょう？」

朱音さんが小さく微笑んで天海さんの顔を見る。天海さんはカメラの横に立って、ふたりのことを見つめている。

テレビの中で堂々と微笑んでいた碧衣さん。だけど実物の彼女は、繊細で傷つきやすい心の持ち主だったのだろう。それをこちら側の私たちに、微塵も見せなかったのは、やはりこの人の演技力なのかもしれない。

そのとき壁の柱時計が、ボーンと重たい音を立てた。

「あと五分です」

天海さんの声がスタジオに響く。

「碧衣」

黙ったままの碧衣さんの背中を、朱音さんが軽く叩いた。朱音さんの姿はうっすらと透けている。

「これからは、自分のために挑戦してみて。碧衣ならできる。碧衣ならもう一度、あの舞台に戻れるよ」

「朱音……」

「今度は少し、自分のために頑張ってみよう？」

朱音さんがふわりと微笑む。それと同時に、碧衣さんの目からは涙が溢れた。

「いつまでも応援しているよ、碧衣。私は碧衣の一番のファンだから」

もう一度、碧衣さんの背中をぽんっと叩いて、朱音さんの手がゆっくりと離れていく。

「碧衣さん」

天海さんが口を開いた。泣き顔の碧衣さんが声のほうを向く。

「まだカメラは怖いですか？」

カメラの隣に立つ天海さんを見て、碧衣さんは少し表情を硬くする。

「息を大きく吸って、ゆっくりとはいてみてください」

碧衣さんが言われたとおり、素直に深呼吸をした。

「碧衣さんはいつも朱音さんと一緒だったんですよね。生まれたときから」

「お腹にいるときからよ」

横から口を挟んだ朱音さんの声に、天海さんが苦笑いをする。

「そうでした。双子ですからね」

「そうよ。いつだってずっと一緒だったね？　碧衣」

「うん……」

朱音さんが、碧衣さんの顔をのぞき込むように首をかしげると、碧衣さんは目を合わせてくすっと笑う。

「ではふたりが過ごしたたくさんの思い出を、思い出してみてください。嬉しかったことも苦しかったことも。笑ったことも泣いたことも……」

碧衣さんが目を閉じた。朱音さんがそれをじっと見守る。

「いま一番強く浮かんでいるのは、どんな思い出ですか？」

「……田舎で暮らしていたころのこと。朱音も私もまだ小さくて、テレビの画面を、食いつくようにふたりで観てた」

朱音さんの表情がやさしくゆるむ。

「楽しかったなぁ、あのころ。女優さんのマネをして遊んだの。朝から晩までずっと朱音と一緒でも、全然飽きなかった」

「私もだよ」

碧衣さんがゆっくりと目を開けて、朱音さんを見る。朱音さんの姿は、薄くなったり現れたりを繰り返している。タイムリミットが近づいていることを、碧衣さんも気づいていることだろう。

「だけどもう……朱音はいないんだね」

ぽつりとつぶやいた碧衣さんの声に、天海さんの声が重なる。

「いえ、朱音さんはそばにいます。ずっと碧衣さんのそばに。碧衣さんが朱音さんのことを、忘れないでいてあげれば」

「忘れるわけないじゃない。私は朱音のことを、ずっと忘れない」

碧衣さんの隣で朱音さんが微笑む。

「ありがとう。碧衣」

ふたりが見つめ合う。天海さんはカメラの向こう側に立つ。

「碧衣さん」

碧衣さんが天海さんに顔を向けた。

「ふたりの最後の思い出を、僕が撮ってもいいですか？」

しばらくじっと天海さんの顔を見つめていた碧衣さんが、ふっと表情をゆるめる。

「あなたのほかに誰がいるの？　写真屋さん」

そして朱音さんの手を握り、もう一度彼女の目を見つめる。朱音さんは黙ったまま、静かにうなずく。

きっと私たちにはわからない、ふたりだけに通じ合うものがあるのだろう。

彼女たちは生まれる前から、ずっと一緒だったから。

「最高に綺麗に撮ってよね、私たちのこと」

そう言って長い髪をかき上げ、まっすぐカメラを見る碧衣さんは、女優さんの顔に戻っていた。

「わかりました。僕に任せてください」

碧衣さんが、握った手に力を込める。朱音さんはその隣で、やさしくささやく。

「大丈夫。碧衣ならやれるよ？」

ふっと一瞬、碧衣さんの表情がやわらかくなる。その瞬間を、天海さんも見逃さなかった。

「ああ、おふたりとも、いいお顔です」

フラッシュが瞬き、シャッターが一度だけ切られる。

ゆっくりと手を動かして、碧衣さんが手のひらを見つめた。そしてその手を、胸の前で重ねて目を閉じる。

碧衣さんの頬を、美しい涙がすうっとこぼれ落ちた。


「うん。まあまあね」

翌朝、一晩うちに泊まった碧衣さんは、天海さんが焼いてくれたモノクロ写真を手にしてそう言った。昨日よりもずっと、すっきりした顔つきで笑いながら。

「ありがとうございます。そう言ってもらえてほっとしました」

天海さんが碧衣さんの前で、小さく笑う。

写真の中の碧衣さんは、朱音さんの隣でふんわりと自然に微笑んでいた。

これもきっと、本来の碧衣さんの表情なのだろう。

「こちらこそ、ありがとう。大切にするわ」

碧衣さんが、大事そうに写真を胸に抱く。そんな彼女に天海さんが言う。

「人が亡くなっても写真は残ります。碧衣さんと朱音さんの最後の思い出写真を、僕が撮れてよかったです」

ふふっと笑った碧衣さんに、私が言った。

「でもこれからは、自分のために頑張ってくださいね」

私の声に、碧衣さんはうなずく。

「碧衣さんの姿がテレビに映る日を、一ファンとして楽しみに待っています」

「ありがとう。つむぎさん」

碧衣さんは私と天海さんに笑いかけると、丁寧に写真をしまって店を出ていく。サングラスにピンクのコートという、この町では目立ちすぎる格好で。

そして私たちも、彼女と一緒に店の外まで出た。明るい日差しが、私たちの上から降り注ぐ。

「気が向いたら、またうちに写真を撮りに来てください。ご両親と一緒にでも」

天海さんの言葉に、碧衣さんが笑って答える。

「そうね。そうする」

そして私たちに大きく手を振って、駅に向かって歩いていった。

「……大丈夫かな」

彼女の姿が見えなくなったころ、私はぽつりとつぶやいた。

今回は上手く写真が撮れたけれど、これからも以前のように、碧衣さんはカメラの前に立てるだろうか。やっぱり少し、心配だ。

「大丈夫ですよ。きっと」

天海さんの声が、少しだけかすれている。

「彼女はあの『日高碧衣』ですから」

私は天海さんの隣でうなずく。きっと近いうちに、彼女の姿をテレビや映画で観る日が来るだろう。彼女はやっぱり華やかな世界が似合う。

「寒いから中に入りましょう。温かいお茶を淹れますよ」

そう言って、天海さんが店に入って行く。私はその背中を見ながら思った。

天海さんは、このままここにいていいのだろうか。

碧衣さんの前では、「あの世界に戻る気はない」と言っていたけれど……天海さんの居場所は、ここではない気がするのだ。

＊

会場にはたくさんの報道陣が集まっていた。みんなカメラを構え、その人物が登場するのを待っている。

その人物とは、不倫騒動を起こし、芸能界を干されていたスキャンダル女優『日高碧衣』——つまり私である。

私は控室の椅子に腰かけ、一枚のモノクロ写真を見つめていた。そこに写っているのは、私と、私にそっくりな妹の朱音。あの海辺の写真館で撮影してもらった写真だ。

「碧衣。大丈夫？」

マネージャーのエミさんの声がかかった。心配性の彼女は、私以上に緊張している。

「思ったより報道陣が多そうだけど……」

「大丈夫よ」

不倫騒動が落ち着いてきたころ、私にドラマの仕事のオファーが来た。

主演は人気急上昇中の新人女優。そして私は脇役。それも主人公を陥《おとしい》れる、ドロドロとした悪役だった。

清純派と言われていたあのころだったら、事務所がOKしなかっただろう。しかしこれはチャンスだと思った。自分が変われるチャンスだと。

マネージャーに頼んで、私は役を受けることにした。今日はその報告という名目の、私の復帰会見が行われるのだ。

「質問はドラマの件に限るって伝えてあるから。意地悪な質問には、無理して答えなくていいからね」

「はいはい、わかってます。エミさんは心配性ね」

しかし今日の会見でも確実に、不倫の件を責められるだろう。私が復帰することを、よく思っていない人だっているはずだ。

それでも私は決めたのだ。これからは、自分のために挑戦していくって。

部屋のドアが開いて名前を呼ばれた。私は返事をしてから、もう一度写真を見つめる。

「行ってくるね。朱音」

バッグの中に写真をしまい、立ち上がった。だけど上手く歩けない。強気なことを言っていても、体はまだ震えているのだ。

「碧衣……」

私の体をエミさんが支えてくれた。私は深く深呼吸する。

『大丈夫。碧衣ならやれるよ？』

朱音の声が、胸の奥に聞こえてくる。

「朱音……」

私はそっと胸を押さえた。

大丈夫。私に失くすものはない。どん底まで落ちたのなら、あとは這い上がるだけ。

私ならできる。朱音もついていてくれる。

「ありがとう。エミさん」

デビュー当時から、芸能活動を休止している間もずっと、私を支えていてくれた彼女に笑いかける。

「大丈夫。ちゃんとやれる」

エミさんが心配そうな顔のまま、その手をそっと私から離す。私はもう一度微笑んで、エミさんに向かって言う。

「だって私は、あの『日高碧衣』よ？」

私の声に、エミさんが笑顔を見せた。

「どうせ撮ってくれるなら、最高に綺麗に撮ってほしいわね」

「心配しなくても、碧衣は綺麗よ」

ふたりで顔を見合わせて、くすくす笑う。

「行ってくる」

「いってらっしゃい」

薄暗いドアの影から、広い会場へ足を踏み出した。大勢の視線が私に集まり、カメラのレンズが向けられる。

まばゆく光るフラッシュの海に、私は飛び込む。そして初めて舞台に立ったときのように、深く深く頭を下げた。

第七章

最後の一皿

SENOO PHOTO STUDIO

Minase Sara Presents

その日は朝からどんよりとした曇り空だった。最近暖かい日が続いていたのに、今日は真冬に戻ったような寒さだ。

私はカウンターの後ろに座り、誰もやってくる気配がない店先を眺め、ため息を漏らす。春の手前のこの時期は、天気も心も不安定になりやすい。

「つむぎさん？　どうかしました？」

店番をしていた私の背中に声がかかった。振り向くと、天海さんが首をかしげて立っている。

「なんだか最近ぼうっとしてますね」

「そ、そんなこと……」

いや、たしかにそうかもしれない。

この店に日高碧衣がやってきてから、私はずっと考えている。

東京で仕事をしていたという天海さん。もう戻る気はないと言っていたけれど……天海さんならきっと、碧衣さんと同じように華やかな世界でもやっていけると思うのだ。

「ちょっと出かけてくるので、つむぎさん、店番を頼みます」

「え?」

「醤油《しょうゆ》が切れてしまったんで、買ってきます」

「だったら私が……」

「いいですよ。外は寒いから、つむぎさんは店番を頼みます」

そう言うと天海さんはコートを羽織り、さっさと店を出て行ってしまった。

「はぁ……」

私はまたため息をつく。なんの役にも立てない自分が情けない。せめてお客さんが来てくれれば、私も店のためになにかできるかもしれないのに。

そのとき店の電話が鳴り響いた。私はびくっと体を反らしてしまう。

私が店にいる間、電話がかかってきたことなどなかった。天海さんは何度かお客さんの電話を受けていたみたいだが……

私は緊張しながら受話器をとる。

「はい。妹尾写真館でございます」

昔、祖父がよく、こうやって電話を受けていた姿を思い出す。

「あ？　妹尾写真館さん？」

私の声を聞いた相手が、不思議そうに聞き返す。若い男の人の声だ。

「はい。妹尾写真館です」

「バイトの女の子なんて、いたっけなぁ？　まぁ、いいや。天海くんはいる？」

どうやらこの店や天海さんのことを知っているお客さんのようだ。私のことを、勝手にバイトだと思い込んでいるが……

「すみません。天海はいま外出しておりまして」

「え、そうなの？　今日こそは返事をもらおうと思ってたのに」

返事？　なんの返事だろう。

「あの、失礼ですけど、どちらさまでしょうか……」

おそるおそるたずねてみる。すると電話の相手が、はきはきとした調子で話しはじめた。

「ああ、僕は以前、天海くんと仕事をしていた松田《まつだ》といいます。天海くん、まだお店の人に話してないのかな？　何度も電話や手紙で誘ってるんだけど」

「誘ってるって……」

「今度新しく会社を立ち上げたんです。そこで天海くんにぜひ、うちで働いてもらいたいと思っていて……聞いてない？　この話」

そんな話、天海さんは一言も言っていなかった。

「聞いてないです」

「天海くんにはね、世界中の子どもたちの写真を撮ってきてもらいたいと思ってるんだ。彼の実力は、一緒に仕事してきた僕が一番わかってる。田舎の写真館に引っ込んじゃうなんて、もったいないよ。もちろん経費はすべて出すし、給料だって悪くはないはず」

天海さんは言っていた。撮る側と撮られる側の心が通い合うような撮影をしてみたい、と。だったらこの仕事は、天海さんにぴったりだ。

世界中の人と出会って、世界中の人と向き合って、心の通い合う写真を撮る。この町で、めったに来ないお客さんを待っているより、絶対いい。

「ああ、ごめんごめん。いまの話、店長さんにはまだ言わないでね？」

電話の向こうで松田さんが笑っている。

「でも本当に僕は、この仕事を天海くんにやってほしいと思ってるんだ。きっと彼だってやりたいはず。いい返事を聞かせてほしいと、伝えておいてもらえるかな？」

「わかりました」

そう答えると、松田さんは「よろしくね」と言って電話を切った。私は受話器を置いて考える。

どう考えてもおいしい話だ。私だったら絶対引き受ける。天海さんだって内心はそう考えているのではないだろうか。

この話を引き受けたい、と。

「ちょっと失礼するよ」

その声と同時に、店のガラス戸がカラカラと開いた。

「あ、いらっしゃいませ！」

私は慌てて立ち上がる。

「妹尾写真館というのはこの店かね？」

店に入ってきたのは、白髪の男性だった。亡くなった祖父と同年齢くらいに見える。しかし穏やかだった祖父とは違い、顔つきは険《けわ》しく、厳しそうな印象の人だ。手には年季の入った革の手提げ鞄《かばん》を持っている。

「はい、そうです。どうぞこちらへ」

私はおじいさんに駆け寄り、店のソファーへ案内した。

おじいさんはゆっくりとした動作でソファーへ腰かけると、胸ポケットの中から一枚の紙を取り出す。

「ここに書かれてあるのは本当かね？」

私が受け取った紙は、あの新聞広告だった。

『帰らぬ人との最後の一枚、お撮りします。妹尾写真館』

私はおじいさんの前でうなずく。

「はい。この店で、亡くなった人に会うことができます」

おじいさんはなにか言いたげな顔つきで、私のことを見つめている。私は戸惑いながらも説明を続けた。

「時間は夜の十一時五十五分から十分間。二階にあるスタジオでたった一回だけ、会いたい人と一緒に写真が撮れるんです」

するとおじいさんは、ため息をつくように言った。

「あんた、アルバイトの子かね？　この店の主人を出してくれないか？」

「え……」

「ここへは息子に連れられてきたんだがね。そんな話、どうも信じられん。店主と話したいから代わってほしい」

つまり私のことは信じられないけれど、店主だったら信じるということ？

「どうかされましたか？」

いつの間にか店に戻ってきた天海さんが、スーパーの袋を持ったまま、私たちのそばに来た。私は黙って天海さんを見上げる。

「お客様ですね。いらっしゃいませ」

天海さんはいつもと変わらぬ態度で、おじいさんに微笑みかけた。

「あんたがここの店主かい？」

「いえ、僕ではありません。この写真館の店主は一か月ほど前に亡くなり、その後継ぎになるのは……」

天海さんが私を見て言う。

「孫娘である彼女です」

「あ、天海さん！」

私は慌てた。たしかに天海さんから、この店の後継者は私だと言われていたが、そんな覚悟を私はまだ持っていない。

動揺している私の前で、おじいさんがうっすらと笑う。

「ほう、このお嬢さんがねぇ……」

どうやらバカにされているようだ。たしかに私は頼りないかもしれないが……笑顔をひきつらせる私の隣で、天海さんが口を開く。

「お客様。もしよろしければ、中でお茶でも飲みながら、ゆっくりお話ししませんか？　この寒い中、大変だったでしょう？」

天海さんが促すと、おじいさんは立ち上がった。天海さんの言うことなら、素直に聞いてくれるらしい。天海さんはおじいさんの背中をそっと押しつつ、私にも声をかける。

「つむぎさんも来てください。さっきおしるこを作ったんです。一緒に食べましょう」

天海さんはそう言って、小さく笑う。

私はもやもやした気持ちを抱えたまま、天海さんのあとに続いた。

店の奥の居間に入り、私が暖房をつけている間に、天海さんは素早くお茶の用意をしてきた。

「温かいお茶をどうぞ」

天海さんが湯呑みを差し出すと、おじいさんはちらりと私を見てから、すぐに視線をそむけて言った。

「お茶を出すのは、女の仕事だと思っていたが……」

たしかにおじいさんが若いころは、そういう時代だったかもしれない。でもいまは違う。

私が口を開こうとすると、天海さんが座卓の上にお椀を並べた。

「白玉だんごの入ったおしるこです。よかったらお召し上がりください」

「ほう、汁粉か……久しぶりだな」

それを見たおじいさんの目の色が変わる。

天海さん手作りのおしるこは、とろりとしたこしあん汁の中に、白くて小さなおだんごが入っている。ほかほかと湯気が上がっていて、体が温まりそうだ。

「亡くなったばあさんがよく作ってくれた。これをあんたが？」

「はい。僕が作りました」

天海さんの前で、おじいさんがため息をつく。

「まったく。私が若いころは、男が家で料理を作るなんて、考えられなかったが……そういえばうちの息子も、嫁や孫のために台所に立つと言っておった」

「僕はやりたくてやっているだけです。お茶を淹れるのも、料理を作るのも」

そう言って天海さんは軽く笑うと、姿勢を正しておじいさんに言った。

「僕はこの店の従業員の天海と申します。そしてこちらは……」

天海さんが私を見るから、私も姿勢を正しておじいさんのほうを向いた。

「私は妹尾つむぎといいます。この写真館は、長い間祖父が経営していました。そして帰らぬ人との最後の一枚を撮影していたんです」

おじいさんがまた眉根を寄せる。やはり私のことは信用してくれないようだ。

そんなおじいさんに天海さんが聞いた。

「お客様は、S市から来られたのではないですか?」

「なぜわかった?」

「先ほど店の前に、S市ナンバーの車が停まっているのを見かけたんです」

S市からだと高速を使っても、二時間はかかるだろう。

おじいさんはまたため息をついてからお茶を飲み、それを静かに置いて口を開いた。

「私の名前は徳井宗一郎《とくいそういちろう》。ここまでは息子の車で来た。こんな紙切れを持たされてな」

そしてさっきの新聞広告を、あらためて座卓の上に差し出す。天海さんはそれを見ながら、静かに答えた。

「さきほど彼女が申し上げたとおり、その広告に書かれてあることは真実です。お望みでしたら今夜、徳井様の会いたい方に会うことができます」

「それは……本当なのかね?」

「本当ですよ」

宗一郎さんは渋い顔つきをしたが、天海さんには言い返さなかった。やはり天海さんのことは信用しているのだ。それは天海さんが『男』だからだろう。

宗一郎さんは天海さんの作ったおしるこを、味わうようにゆっくりと食べる。その姿を眺めていると、なんだか情けなくなる。

　私はこの店に役立っていないだけでなく、お客さんからも信用されていないのだ。

「お味はいかがです？」

「甘すぎず、ちょうど良い味だな」

「よかったです」

　天海さんは宗一郎さんに笑いかけ、静かにたずねた。

「徳井さんがお会いになりたい方は、もしかして亡くなった奥様ですか？」

「私が会いたいと言ったわけではない。息子に『ここへ行くと母さんに会えるらしいから、会ってこい』と、無理やり連れてこられたのだ」

　宗一郎さんはあくまでも、「奥さんに会いに来た」とは認めないようだ。

　おしるこを綺麗に食べ終えた宗一郎さんは、もう一度お茶を飲んでから、ぽつぽつと話しはじめる。

「その息子に言わせれば、私は良い夫ではなかったそうだ。長年勤めた会社の仕事に夢中で、家事も子どものことも、すべて妻に任せきり。男は外で仕事をして、女は家を守っていればよいという考えだった」

　私は自分の祖父のことを思い出す。

祖父は私を育てるために、家事も育児もやっていたが、祖母や私の母が生きていたらやっていたかはわからない。

「私が仕事から帰るまでに、妻は風呂を沸《わ》かして、夕食を作っておく。休みの日も仕事で疲れた夫のために、家事をこなし、子どもの面倒を見る。それが当たり前だと思っていたのだ。妻は……八重子《やえこ》は……私に一言も文句を言わなかったから」

私は黙って宗一郎さんの話を聞く。

「だが三か月前、八重子が亡くなり、私は家の中にひとりになった。隣町に住んでいる息子夫婦が、私の面倒を見ると言い出したが、そんなものは断った。ひとりでも、なんとかやれると思っていたのだ。それなのに……」

宗一郎さんがまた深いため息をつく。

「私は食事の支度どころか、ご飯を炊くことすらできない。風呂も沸かせないし、下着がどこにあるのかもわからない。すべて八重子に任せっきりだったからだ。私はそこで自分が、妻なしではなにもできない、愚かな人間だと気づいたのだ」

目を静かに伏せたあと、宗一郎さんはゆっくりとお茶を飲んだ。なんと声をかけようか迷っているうちに、天海さんの声が聞こえた。

「それで奥様に会いに来たのですね？」

「会いに来たのではない。息子に連れてこられたのだ」

宗一郎さんは相当頑固だ。

「ただ妻には感謝している。いまになってはすべて遅いが……」

「遅くはないです。ここでなら奥様に会えるんです。会って、宗一郎さんのいまの想いを伝えればいいんです」

私の声に、宗一郎さんは黙り込んだ。そして持ってきた鞄の中から、一冊のノートを取り出す。

「それはなんですか？」

つぶやいた私の前で、宗一郎さんがノートを開いた。よくある大学ノートだが、中にはびっしり文字が書き込まれている。

「妻が遺したものだ」

「見てもいいですか？」

宗一郎さんはなにも言わず、私にノートを差し出してくれた。

それは料理のレシピ帖《ちょう》だった。毎日の食卓に並ぶ献立《こんだて》が、何ページにもわたって記入されている。そしてその作り方が、ものすごく丁寧に書かれてあるのだ。

まずは材料の売っている店から、買ってきたあとの保存方法。

野菜の洗い方に米のとぎ方。ガスコンロや電子レンジの使用方法。鍋やフライパンの種類と使い方。

材料の切り方も丁寧に、わかりやすく。炒《いた》め方、ゆで方、調味料の種類や入れる順番まで。

それは毎日料理していた自分のためというよりも、料理が苦手な人のために書かれたもののようだった。

「これはもしかして……ご主人のために奥さんが……」

「使ったことはないがね」

私の手から、宗一郎さんがノートを取り上げる。

使ったことはないと言っても、それは何度も何度もめくられたように、折り目や汚れがついていた。きっと宗一郎さんは、このノートを何回も見返したのだろう。

「どうしてですか？」

私は思わず口にしていた。

「どうして使わないんですか？　せっかく奥様が、宗一郎さんのために書いてくださったのに」

「私が作れるはずないだろう。料理などやったことがない」

「だったらいまからでもやったらどうですか？　誰でも最初は初心者です。それともまだ、料理は女の仕事だとか思っているんですか？」

　宗一郎さんが私の顔を睨むように見る。

「こんなに想われているのに、まだ奥様の気持ちがわからないなんて……奥様がかわいそうです」

「あんたみたいな小娘に、そこまで言われる筋合いはない」

「どこまで頑固なんですか！　あなたはただの意地っ張りです！」

　言ってからはっと口を押さえた。宗一郎さんは私の前で怖い顔をしている。

　しまった。言いすぎた。相手はお客様なのに。それも私よりずっと年上の……

「すみません」

　私はそう言って立ち上がり、ふたりの前で頭を下げる。

「私はここにいないほうがいいみたいですね。ちょっと頭を冷やしてきます」

「つむぎさん」

　天海さんの声が聞こえたけれど、私は店から外へ飛び出した。

　外は相変わらず、どんよりとした曇り空だった。目の前の海も今日は白い波を立て、ゆらゆらと不規則に揺れている。

私は行く当てもなく、ぼんやりとひとり海沿いの道を歩いた。

「なにやってるんだろう……私……」

お客様に失礼なことを言って、その場から逃げ出すなんて、大人のやることではない。私は宗一郎さんに言われたとおり、「小娘」ではないか。かといって、このままのこと、店に戻る勇気もないのだが……

私はため息をつき、堤防から海を眺めた。冴えない灰色の海は、いまの私の気持ちのようだ。

そこでふっと思い出した。さっき天海さんにかかってきた電話を。

天海さんに話さなければ……でも話したら天海さんはここからいなくなってしまうかもしれない。そうしたら私は……

「ごめん。おじいちゃん。私には無理だよ」

こんな情けない私が後継ぎになるなんて、絶対に無理だ。だったらこの店はもう……

私の頭に、店に来てくれたお客さんたちの姿が浮かぶ。

陽葵ちゃんとお父さん。かすみちゃんと瑛太くん。真結さんと碧衣さん……みんな大切な人と最後の一枚を撮って、笑顔で帰っていった。

この店が、なくなってもいいの？

私は自分で自分に問いかけ、首を横に振った。

頭に浮かぶのは宗一郎さんの顔。そして何度も読み返したと思われる、奥さんの書いたレシピ帖。

宗一郎さんは、奥さんに感謝していると言っていた。ただそれを伝えるのが下手なだけなのだ。そのお手伝いをしてあげるのが、私の仕事なのではないだろうか。

空からぽつりと雨が落ちてきた。冷たい雨だ。

「帰ろう……」

帰って宗一郎さんに、言いすぎたことをきちんと謝ろう。そして今夜、奥さんに会ってもらおう。

この店でなら、もう一度亡くなった人へ、想いを伝えることができるのだから。

降りはじめた雨の中を、早足で引き返す。

やがて見慣れた写真館が見えてきて、私はほっと息をついた。

なんとなく気まずくて、おそるおそる居間へ向かう。すると台所からいい匂いが漂ってくるのに気づいた。これは……煮物の匂いだ。

首をかしげながら、音を立てずに台所をのぞく。なぜかガスコンロの前に、天海さんと宗一郎さんが背中を向けて立っている。

「え？」

思わず声を上げてしまったら、ふたりが同時に振り向いた。

「つむぎさん。お帰りなさい」

天海さんがいつものように平然と言う。私は慌てて答えた。

「た、ただいま戻りました」

天海さんの隣では、宗一郎さんが厳しい顔で私を見ている。けれどその手に握られているのは菜箸《さいばし》だ。コンロの上の鍋からは、ぐつぐつと煮立った音が聞こえ、おいしそうな匂いが漂ってくる。

「あの……なにをしているんですか？」

つぶやいた私に天海さんが笑いかけ、宗一郎さんに指示を出す。

「宗一郎さん。もう少しお鍋を見ていてくださいね」

「ふむ。わかった」

宗一郎さんは素直にうなずくと、私に背中を向け鍋に集中した。呆然としている私を、天海さんが店に誘う。

「天海さん、これ、どういうことなんですか？」

私は小声で天海さんに聞いた。

だって、あの宗一郎さんがうちの台所で料理をしているなんて……ありえない光景だ。

「天海さんが誘ったんですか？　天海さんが誘ったから……宗一郎さんは料理を作る気になったんですか？」

天海さんの言うことなら、あの宗一郎さんも聞いてくれるだろう。

「違いますよ」

しかし天海さんは穏やかな口調で否定した。

「僕が誘ったんではありません。宗一郎さんが自分から『作ってみたい』とおっしゃったんです」

「そんな……さっきはあんなに『できない』って言ってたのに」

私の前で天海さんが笑う。

「頑固な方ですからね。いままでなかなか素直になれなくて、それを指摘してくれる人も、いなかったんでしょうね」

私は呆然と天海さんを見つめる。

「だからつむぎさんに言われてはっとしたんでしょう。奥様の気持ちも、わかっていなかったわけではないんでしょうけど」

私はうなずく。奥様から想われていたことは、きっと宗一郎さんだってわかっていたはず。ただその想いに、素直に応えられなかっただけなのだ。

「私も言いすぎたと思っています。反省してるんです」

天海さんはそんな私に言う。

「宗一郎さんは、奥様の好きだった料理を作っています。あのレシピ帖の中から自分で献立を選んだんですよ。それを今夜、奥様に食べてもらいたいそうです」

きっと天海さんが、うまく誘導してくれたに違いない。

「じゃあ今夜、写真を撮りに来てくれるんですね。よかった」

「ええ。ただ……」

天海さんが私の前に右手を差し出す。その指には白い包帯が巻かれている。

「さっき宗一郎さんのお手伝いをしているとき、包丁で指を怪我してしまいました。僕は今夜、写真を撮るのは無理です」

「えっ、うそでしょう?」

天海さんが包丁で怪我するなんて……ありえない。

「でも宗一郎さんはいま、必死に料理を作っています。今夜、奥様に食べてもらうために」

宗一郎さんのぎこちなく鍋をかき混ぜている姿が、目に浮かぶ。

「つむぎさん。僕の代わりに写真を撮ってもらえませんか?」

天海さんの声に、私は目を見開く。

「えっ、私ですか!」

「大丈夫ですよ。つむぎさんだって東京でスタジオの仕事をしていたんですし。僕もそばにいますから」

「でも帰らぬ人との写真なんて撮ったこと……」

「誰でも最初は初心者です、って言ったのは、つむぎさんでしょう?」

天海さんがそう言って笑いかける。私はごくんと唾《つば》を飲み込む。

「天海くーん! ちょっと来てくれないかね」

台所から天海さんを呼ぶ声がする。

「行きますか? つむぎさんも」

天海さんの声に、私は静かにうなずいた。

宗一郎さんの作った料理は肉じゃがだった。鍋の中にはほっこりとした、じゃがいもや玉ねぎやにんじんが入っている。

「そろそろ火を止めてもいいかね。レシピにあるように、竹串をさしてみたら通ったが」

「いいと思います」

宗一郎さんはコンロの火を止め、ほっとした表情をする。

「あの、宗一郎さん……」

そんな宗一郎さんに、私は声をかけた。

「さきほどは失礼しました。生意気なことを言って……ごめんなさい」

すると宗一郎さんは、私の前でごほんと咳払いをひとつする。

「いや、あんたに言われて作ってみようと思ったんだ。私こそ、馬鹿にしたような態度をとって、悪かったな」

私は首を横に振ってから、宗一郎さんに伝える。

「宗一郎さん。奥様との最後の一枚を、私に撮らせていただけないでしょうか？」

宗一郎さんがじっと私を見る。

「心を込めて、撮らせていただきたいと思っています」

しばらく黙ったあと、宗一郎さんが静かに口を開いた。

「頼むよ。妹尾つむぎさん」

宗一郎さんから名前を呼ばれて、胸がじんっと熱くなった。

その夜、私はひとりでスタジオのカメラの前に立った。

以前祖父に、撮影の仕方を教えてもらったことはあったが、祖父が亡くなってからここに立つのはもちろんはじめてだ。

私は機材の準備をしながら、いつもこの場所に立っていた祖父や、天海さんのことを考える。

ふたりはどんな気持ちで、ファインダーをのぞいたのだろうか。どんな想いで、シャッターを切ったのだろうか。

「つむぎさん」

私の背中に声がかかった。そこに立っていたのは天海さんだった。

「準備は大丈夫ですか？」

私は天海さんの前でうなずきながら、さっきの電話を思い出していた。

「天海さん……実はさっき」

「はい？」

照明を確認していた天海さんが振り返る。私は出しかけた言葉を呑み込んでしまう。

「いえ……なんでもないです」

うつむいた私の肩を、天海さんがぽんっと叩いた。

「大丈夫ですよ。そんなに緊張しなくても。つむぎさんならできます」

私はゆっくりと顔を上げる。目の前に天海さんの顔が見える。

「そう言われても、やっぱり緊張します。だって、たった一回なんでしょう？　宗一郎さんと奥様に向かってシャッターを切れるのは」

私の声に天海さんがうなずく。

「そうです。だから大切に撮るんですよ。想いを込めて。写真は撮る人から撮られる人への、大切な贈り物なんです」

ああ、祖父が言っていた言葉だ。どうかそれを忘れないで、と。

私は天海さんの顔を見つめて返事をした。

「はい。そうですね」

天海さんは静かに微笑んで、私に告げた。

「では宗一郎さんをお連れします」

「よろしくお願いします」

天海さんがスタジオのドアノブをつかみ、ドアを開く。私は白い包帯の巻かれたその手をじっと見つめる。

そして天海さんの姿が見えなくなると、スタジオのライトを静かに落とした。

「お待ちしていました、徳井宗一郎さん」

数分後の午後十一時五十五分。天海さんは私の待つスタジオへ、宗一郎さんを連れてきた。

肉じゃがの入った小鉢を手に持った宗一郎さんは、やはり難しそうな顔をしている。

私はそんな宗一郎さんに声をかけた。

「どうぞ奥へお進みください」

薄暗いスタジオの中、宗一郎さんはゆっくりとした足取りで、スクリーンの前に置かれた椅子に向かう。私はその背中を、祈るように見送る。

宗一郎さんと奥さんの八重子さんが、無事にここで会えますように、と。

「宗一郎さん」

椅子のそばで立ち止まった宗一郎さんが、真剣な表情で私を見つめた。その顔を見たら、私も真剣に向き合わないといけないと思い、気を引き締める。

「こちらの席に、宗一郎さんの『会いたい人』を呼んでいただきます」

「会いたい人……」

宗一郎さんが椅子を見下ろし、ぽつりとつぶやく。

「そうです。椅子に手をかけて、会いたい人のことを想ってください」

少し黙ったあと、宗一郎さんは私に「わかった」と答え、椅子の背に手をのせた。

私は首を動かし後ろを見る。そこには私を見守るように天海さんが立っていて、静かにうなずいた。私は前を向き直り、宗一郎さんに告げる。

「それでは照明をつけます」

まぶしい光がスタジオをパッと照らした。そして次の瞬間、スクリーンの前の椅子に八重子さんが座っていた。

「八重子……」

宗一郎さんが椅子から手を離し、ゆっくりと動く。そして八重子さんの前で立ち止まる。

「あなた」

椅子に腰かけたまま、八重子さんが静かに頭を下げた。

「私を呼んでくれて……ありがとうございます」

宗一郎さんはただ唇を噛みしめている。私はカメラの後ろから、ふたりの姿を黙って見つめる。そっと顔を上げた八重子さんは、宗一郎さんに向かってやわらかく微笑んだ。

「私も……あなたにお会いしたかったです」

その声に、宗一郎さんが驚いたように目をみはる。

「この私に……会いたかったのか？」

「もちろんですよ」

なにもかもをやさしく包み込むような、八重子さんの声。

宗一郎さんはぐっと息を呑んだあと、口を開いた。

「お前がいなくなって……私は毎日困っている」

静かにうなずく八重子さん。

「先に逝ってしまって、申し訳ありません」

「まったくだ。毎日の食事の支度、部屋の掃除、服の洗濯……私ひとりで、いったいどうすればいいのだ」

「ええ……全部私の仕事でしたものね」

八重子さんが目を細め、宗一郎さんに笑いかける。

「そうだ。お前の仕事だ。だからお前がいないと私は困るのだ。どうして私を置いて、先に逝ってしまったんだ」

八重子さんはなにも答えない。ただ穏やかな表情で宗一郎さんを見つめている。宗一郎さんは苦しそうに眉をひそめ、八重子さんの前で膝をついた。

「八重子。私にはお前が必要なんだ。戻ってきてくれ」

八重子さんの手が、宗一郎さんの肩に触れる。

「申し訳ありません。それはできないのです」

固く目を閉じ、宗一郎さんが八重子さんの足元でうなだれた。かすかに震えるその肩を、八重子さんがやさしくなでる。

「つむぎさん」

呆然としていた私の背中に、天海さんが声をかけた。

「時計を見てください」

はっと顔を上げた瞬間、ちょうど針が十二の文字をさした。静まり返ったスタジオに、柱時計の音が響く。八重子さんの姿を見ると、うっすらと透けはじめていた。

「宗一郎さん。あと五分です」

私が告げると、宗一郎さんも跳《は》ねるように顔を上げた。

本当はもっと一緒にいさせてあげたい。たくさんお話しさせてあげたい。大事な人への想いは、十分間では語りきれない。

けれど別れの時間は、確実に近づいている。

「八重子……」

宗一郎さんが振り絞るように声を出す。そして持っていた小鉢を、八重子さんに見せる。

「これを……」

八重子さんが目をみはった。

「肉じゃがですか？」

「お前の好物だろう？」

「あなたが……作ってくださったんですか？」

宗一郎さんはなにも言わず、八重子さんの手に小鉢と箸を持たせた。

「食べてみてくれ」

八重子さんはうなずき、ほっこりとしたじゃがいもを口に入れる。宗一郎さんの緊張した表情を見て、私まで緊張してくる。

ゆっくりと口を動かした八重子さんが、宗一郎さんの顔を見つめ、目を細める。

「おいしいです。とても」

宗一郎さんが、深く息をはいた。八重子さんはにんじんや玉ねぎも口にして、穏やかな笑顔を見せる。

「あなたが作ってくださるなんて……はじめてですね」

「ああ……そうだな」

宗一郎さんは、八重子さんの前で頭を下げる。

「だが、最初で最後になってしまった。申し訳ない」

「どうして謝るんです？」

八重子さんの手が、もう一度宗一郎さんの肩に触れる。しかしその手は、あの世とこの世をさまようように、透けたり現れたりを繰り返している。

「あなたは家族のために、懸命に働いてくださりました。家のことは、私がやりたくてやってきただけです。お料理もお掃除もお洗濯も……私はあなたのためにできて、毎日幸せでした。ありがとうございます」

「八重子……」

宗一郎さんが顔を上げ、眉根を寄せる。

「だが私は……ちっともお前に感謝の気持ちを抱いていなかった。お前がいなくなってやっと気づいたのだ。お前の大切さに」

跪《ひざまず》いている宗一郎さんが、八重子さんの手をぎこちなく握った。

「八重子。ありがとう。感謝している」

八重子さんがやさしく微笑む。

「お前がいてくれてよかった」

「私もです」

八重子さんの手が、宗一郎さんの手に重なった。

「肉じゃが、ごちそうさまでした」

「お前のノートのおかげだ」

「次にお会いするときは、また私に作ってくださいますか？」

宗一郎さんが悲しそうに頬をゆるめる。

「ああ。楽しみにしていてくれ」

ふたりが見つめ合う。

長い夫婦生活。言葉にはできない様々な出来事があっただろう。嬉しいことも、悲しいことも、辛いことも、幸せなことも……その間ずっと、八重子さんは宗一郎さんを想い、そして宗一郎さんも宗一郎さんなりに、八重子さんを想っていた。

私はあふれそうになった涙を拭い、そんなふたりに声をかける。

「お時間です」

時計の針は十二時五分をさしていた。

「おふたりの写真を撮らせていただきます。宗一郎さん、八重子さんのお隣に立っていただけますか？」

宗一郎さんは私の言うとおりに立ち上がった。

「ここでよいか？」

「はい。けっこうです」

気難しい顔をした宗一郎さんが、椅子に腰かけた八重子さんの隣に並ぶ。私は一度振り返り、天海さんの顔を見た。天海さんは私に向かって言う。

「大丈夫ですよ。つむぎさんなら」

私はうなずき、ファインダーをのぞいた。目の前に立つふたりの姿。私は彼らの想いをまっすぐ受け止める。

「では、お撮りします。こちらを向いてください」

私の声がスタジオに響いた。そのとき八重子さんの手が静かに動く。

「あなた……」

八重子さんの手がもう一度、宗一郎さんの手を握った。前を向いたままの宗一郎さんの顔がかすかに歪む。

だけどそれが宗一郎さんの素直な表情なのだろう。悲しみと尊敬と愛しさを込めた……

「もうすぐ行くから……待っていてくれ」

宗一郎さんのかすれた声に、八重子さんが微笑む。

「先にあちらで……お待ちしています」

ぎこちなく手を握り合うふたり。次に会ったときには、もっと上手く想いを伝え合うことができるだろう。

「おふたりとも、とてもいいお顔です」

私は心を込めて、一度だけシャッターを切る。そして自分の心にも、ふたりの姿を焼きつける。

カメラから目を離したとき、もうそこに八重子さんの姿は見えなくなっていた。

翌朝、私は自分で焼きつけた写真を、小さな額に入れた。そこに写っているのは、手を握り合う老夫婦。

複雑な表情の宗一郎さんと、なにもかも包み込むような笑顔の八重子さん。

きっと八重子さんはすべてわかっていたのだろう。家庭を顧みない、頑固で意地っ張りな夫の、不器用な愛情も。

「でも私は、ちゃんと言葉で伝えてほしいけどなぁ……」

ついひとり言を言ってしまった私に、声がかかった。

「つむぎさん、朝食ができましたよ」

振り向くと、いつもと変わらない表情の天海さんの姿が見えた。

居間に行くと、座卓に朝食が並んでいた。白いご飯に豆腐とわかめの味噌汁。焼鮭とだし巻き卵。ほうれん草のおひたし。

見ただけで、私のお腹がぐうっと鳴る。

そしてそのおいしそうな朝食を、宗一郎さんが黙々と食べていた。

「おはようございます。宗一郎さん」

声をかけた私を、宗一郎さんはちらりと横目で見る。

「おはよう」

「よく眠れましたか？」

一晩うちに泊まった宗一郎さんにたずねる。

「ああ。寝つきはいいほうなんでな」

「それはよかったです」

こちらを見ずに、ぶっきらぼうに答える宗一郎さんだったが、私の頬は自然とゆるんだ。

きっと宗一郎さんは照れくさいのだ。

「なにかおかしいか？」

「いえ、なにも」

私はくすっと微笑んで、箸をとる。

「いただきます」

黄色い卵焼きを一口食べる。天海さんの作ってくれたご飯は今日もおいしい。私はちらりと、天海さんの左指についている包帯を見る。

「味はどうですか？　つむぎさん」

「もちろん、おいしいです。でもいつもとちょっと卵焼きの味が違いますね。これもすっごくおいしいですけど」

天海さんが小さく笑って、宗一郎さんを振り返った。

「よかったですね。宗一郎さん」

黙って食事を続ける宗一郎さんの前で、私は「え？」と首をかしげる。

「今朝の食事を作ったのは、宗一郎さんです。僕もそばで見ていましたが、ほとんど全部宗一郎さんが作ってくれました」

「ええっ」

思わず声を上げてしまったら、宗一郎さんに睨まれた。

「食事中に大きな声を出すんじゃない。はしたない」

「すみません……」

でも宗一郎さん。誰かに食べてもらう喜びを知ったのかも。

私はさっき用意した、額に入ったモノクロ写真を宗一郎さんに差し出した。

「宗一郎さん。これを受け取ってください」

箸を止めた宗一郎さんが、私の顔を見る。

「妹尾写真館から、宗一郎さんへの贈り物です」

ふたりの写った写真が、宗一郎さんの手に渡る。宗一郎さんはしみじみと、その写真を眺めた。

「とてもいい写真ですね」

天海さんがそう言った。

「人が亡くなっても写真は残ります。奥様への想いと一緒に、その写真も大切にしていただけますか？」

「もちろんだよ」

天海さんの声にうなずき、宗一郎さんは私に向かって言った。

「ありがとう、つむぎさん」

その言葉が嬉しくて、私は宗一郎さんに笑顔を見せた。

迎えに来た息子さんの車に、宗一郎さんが乗り込んだ。大事そうに抱えた革の手提げ鞄の中には、八重子さんのレシピ帖と、私の撮影した写真が入っている。

「父が大変お世話になりました」

息子さんが店先に出た私たちに頭を下げる。

「実は僕も半信半疑だったんです。まさか本当にここで、父と母が会えるなんて……」

頭をかく息子さんに向かって、天海さんが言う。

「お母様に会いたくなったら、いつでもお越しください。お写真をお撮りしますよ」

その言葉を頭の中で繰り返しながら、私は天海さんをちらりと見る。

「ありがとうございます。いつか僕も家族と一緒に、母に会いに来たいと思います」

「お待ちしています」

息子さんが頭を下げて、車に乗り込む。宗一郎さんは気難しい顔のまま、私たちに手を上げた。

「いつまでもお元気で」

私は宗一郎さんに手を振る。私の隣で天海さんも手を振る。雨上がりの空の下、車が走り去っていく。

「行ってしまいましたね」

「ええ」

天海さんの声に私はうなずく。そして遠くを見ている天海さんの横顔に言った。

「天海さん。指、大丈夫ですか？」

「え？」

振り向いた天海さんの左手を、私はつかむ。

「昨日は右手に包帯を巻いていましたよね？　なのに今日はなぜ左手なんですか？」

天海さんが「しまった」という表情をする。

「ドアの取っ手も、包帯のついた手で平然とつかんでたんで、なんかヘンだなぁって思ってたんですけど……もしかして怪我なんかしてないんじゃないですか？」

私の声を黙って聞いたあと、天海さんがふっと口元をゆるめる。

「すみません。ばれてしまいましたね」

「どうしてそんな嘘、ついたんですか？」

天海さんは私のほうを見て答えた。

「つむぎさんに自信を持ってほしかったからです」

天海さんの声が胸に響く。私は顔を上げ、天海さんにたずねる。

「天海さん……行ってしまうんですか？」

天海さんが首をかしげた。

「私、知ってるんです。昨日電話で、松田さんって人から聞きました。天海さん、松田さんの会社に誘われてるんですよね？」

私はまだつかんだままだった天海さんの手を、ぎゅっと握りしめる。そして喉の奥から、声を絞り出す。

「行ってしまうんですか？　天海さんは……」

行ってほしくない。これからもずっとここで一緒に働いてほしい。

だけど私の口からそんなことは言えない。

「つむぎさん」

天海さんが、そっと私の手を離した。そしていつもと変わらない穏やかな口調で私に言う。

「少し、外を歩きませんか？」

「え……」

私は驚いて、天海さんの顔を見る。天海さんは私を見つめて、静かに微笑んだ。

＊

日本の男子たるもの、厨房《ちゅうぼう》に入って女々しく料理を作るなどもってのほか——妻が亡くなるまで、頑なにそう信じていた私だったが……

寝る前に、妻の八重子が遺したレシピ帖をめくる。明日の献立を考え、買い物する品をメモにとる。手順を頭に叩き込み、できあがった料理を想像する。そして翌日にはその献立を作り、自分で食す。

それを毎日繰り返しているうちに、私の腕もなかなかサマになってきたようだ。

「わぁ、これ、おじいちゃんが作ったの！」

家に遊びに来た五歳の孫が、食卓に駆け寄ってくる。

「ああ、そうだよ」

「すごーい！　おじいちゃん、ご飯作れるんだね！」

無邪気な子どもの声が、普段静まり返っている部屋の中に響く。

「これを父さんが？　信じられない」

「お義父さん、すごいじゃないですか」

息子と嫁もやってきて、食卓の上を眺める。

「まあ腰かけなさい。お腹がすいただろう？」

私は三人を椅子に座らせた。

今日の献立は、ご飯にも酒にも合う「焼き餃子《ぎょうざ》」だ。

豚ひき肉にキャベツやニラを混ぜ、すりおろした生姜《しょうが》やニンニクも入れた。それを餃子の皮でひとつずつ包み、フライパンで焼いたのだ。少々手間はかかったが、パリッと良い色に焼き上がり、見た目はなかなかの出来だ。

「こんなにたくさん、大変じゃなかったですか?」

ねぎらってくれた嫁に、私はビールを差し出す。

「いや、たいしたことはない。ほら、飲みなさい」

「ありがとうございます」

嫁にビールを注いだあと、息子のグラスにも同じように注ぐ。

「なんか父さん、変わったな」

三人で軽くグラスを合わせたあと、息子は不思議そうにつぶやく。そんな息子の隣で嫁が笑う。

「よかったわね。あなたの大好物じゃない」

「ああ。まさか父さんの手作り餃子を食べる日が来るとは、思ってもみなかったよ」

息子がそう言いながら、餃子を一口食べる。

「どう?」

「うん、うまい」

息子は顔を上げて私を見る。

「これ、母さんの味だ」

頬をゆるめる息子に向かって、私は言う。

「当たり前だ。母さんに教わったんだからな」

私も箸をとり、餃子を口にする。パリッと音を立てて皮が崩れ、中からじゅわっと肉と野菜のうまみが滲《にじ》み出てくる。

うん。味も上出来。さすが八重子だ。

「おいしいよ！　おじいちゃん！」

孫の声を聞き、私はその皿に餃子をのせてやる。

「たくさん食べなさい。今度来たときは、エビフライを作っておくからな」

「えっ、僕エビフライ大好きなんだ！　おじいちゃん、なんでわかったの？」

息子と嫁も、私の顔を不思議そうに見ている。

「おばあちゃんが教えてくれたんだよ」

私はそう言って、ビールを口にした。

八重子のレシピ帖には、時々小さく人の名前が書いてあった。それは息子の名前であったり、孫や嫁の名前であったりした。

最初私にはその意味がわからなかった。私は自分の息子の好物がなんなのかなど、知ろうともしていなかったからだ。

しかし息子一家が家に来ることになり、私はノートを見ながら考えた。

どんな料理を作ったら、息子たちは喜んでくれるだろう。息子は、孫は、嫁は、どんな料理が好きなんだろう。そんなことを考えているうちに、私はノートに書かれてある名前の意味に気づいたのだ。

それは八重子が料理を作りながら知った、家族それぞれの好物。

あの子は餃子が好きだ。あの子はエビフライを喜んでくれる。作り手だからこそ知る喜びを、八重子は私にも教えてくれたのだ。

そして私がまだ挑戦していないきんぴらごぼうのページには、「宗一郎さん」と、八重子の懐かしい文字が書いてあった。

「おじいちゃん、また遊びに来るよ！」

餃子を食べながら、孫はもう次回のことを考えている。

「だからエビフライ作って待っててね！」

「ああ。楽しみにしているよ」

「その次は、私の好きなものをお願いしますね、お義父さん」

「任せなさい」

八重子に料理を作る前に、私のレパートリーはまだまだ増えそうだ。

食卓の上に置かれた写真の中では、難しい顔をした私の隣で、八重子が幸せそうに微笑んでいた。

最終章

初めての贈り物

SENOO PHOTO STUDIO
Minase Sara Presents

「海が綺麗ですね」

海沿いの道を歩きながら、天海さんがつぶやく。天海さんとふたりだけで外を歩くなんて、はじめてだ。

風はまだ冷たかったが、雨上がりの日差しはとてもやわらかい。この町にも春が近づいているのだ。

「海以外、ほかにはなんにもないところです」

私の声に、天海さんが小さく笑う。

天海さんは首からカメラを下げている。なにか撮影でもするつもりだろうか。私は少し首をかしげてから、天海さんから視線をはずす。

「天海さん……さっきの話なんですが……」

おそるおそるつぶやいた私の耳に、天海さんの声が聞こえた。

「あの話でしたら、お断りするつもりです」

私はその場で足を止めた。

「ど、どうしてですか？　天海さんにとって、いい話だと思ったんですけど」

「そうですね。松田さんは僕が上京したときから、よくしてくれた先輩ですし、誘ってもらえてすごくありがたいとは思っています」

海からの風が吹き、私の肩にかかる髪と、天海さんの羽織ったコートがなびく。

「でも僕はここで、妹尾さんの遺志を引き継ぎたいんです」

私ははっとして天海さんの顔を見た。天海さんは私に笑いかけ、またゆっくりと歩き出す。

「だから松田さんには申し訳ないけど、はっきりと伝えます。僕はそちらへ行く気はないと」

胸に引っかかっていたものが、すうっと落ちていく。天海さんにとって、その選択が正しいのかどうかはわからないけど……私はほっとしていたのだ。

息を深く吸い込んだあと、私は天海さんを追いかける。

「天海さん！　天海さんはこんな町に来て、退屈じゃないんですか？」

「全然」

天海さんが即答した。

「僕が望んできた場所です。退屈なわけないでしょう？」

追いついた天海さんの隣に並んで、私はたずねる。

「天海さんが東京からここに来たとき、祖父はすんなり受け入れてくれたんですか？」

「いえ……なにもかもを捨てて妹尾さんのところに来て、今までのことを全部話して、ここで働かせてほしいと頼み込んだんですけど……また断られました」

私はちらりと天海さんの顔を見上げた。

「写真が撮れないカメラマンなんか、この店にはいらないと言われたんです。当たり前ですよね、ここは写真館なんだから」

天海さんが私を見て、苦笑いをする。

「でももう僕には帰る場所がなかった。思い出の写真が置いてある、この店しか……だから必死に頼みました。給料はいらない、雑用でもなんでもすると言って。逃げていると思われてもかまわなかった。とにかく妹尾さんのもとに、置いてほしかったんです」

天海さんと目が合った。少し照れくさかったけど、それほどまで祖父のことを慕ってもらえたことが、嬉しく、また誇らしく思えた。

「祖父には天海さんの想いが、届いたんですか？」

「妹尾さんは、『だったら写真を撮ってみなさい』と言いました」

「写真を？」

「はい。『私の写真を撮ってみなさい』と言ったんです」

あの写真嫌いの祖父が？

人の写真を撮るばかりで、決して自分は写真に写らなかった祖父。祖母の写真が収められているアルバムにも、祖父の写真は一枚もなかった。

そんな祖父が、天海さんの写真の被写体になると言ったのだ。

「僕はそう言ってもらえたことが嬉しくて、次の日からこの店に泊まり込み、妹尾さんの写真を撮りました。でもやっぱり思うように撮れない。怖かったんです。僕が写真を撮ることで、また誰かを傷つけてしまう気がして。でもその弱さを克服できないと、僕は一生、妹尾さんみたいな写真は撮れないんだと思い、何度も何度も撮らせてもらいました。妹尾さんは僕が納得するまで、黙ってモデルになってくれました」

「それで？　天海さんの納得できる写真は撮れたんですか？」

「はい。それがあの、遺影です」

「あ……」

あの写真は、天海さんが撮った写真だったのだ。

祖父の穏やかな顔が目に浮かぶ。

「あの写真を撮るまで、ずいぶん時間がかかりました。それまでの間、妹尾さんと一緒に暮らして、いろいろなことを話しました。妹尾さんはつむぎさんのことを話しているときが、一番幸せそうでした。僕も自分の弱いところを隠すことなく、妹尾さんに話すことができました。きっとそうやっているうちに、僕も妹尾さんも心からお互いを受け入れることができて、それであの写真が撮れたんだと思います」

私は天海さんの前で強くうなずく。

「あの写真、とてもいい写真だと思いました。祖父もきっと、喜んだと思います」

「あれはつむぎさんの部屋で撮ったものです。窓を開けたら海風が入って、風鈴が涼しげな音を立てて……『あれは私がつむぎの誕生日に買ってあげたものだ』と、懐かしそうに話してくれたときに、シャッターを切りました」

胸がじんっと熱くなった。涙がこぼれそうになるのを隠すために、空を見上げて声を出す。

「それからは天海さん、写真を撮るの、怖くなくなったんですか？」

「いや、怖くないって言ったら嘘になります。でももう写真で傷つけ合いたくはないから……相手の気持ちをなによりも大事にしながら、レンズを向けるようにしています」

「うん、私……天海さんに撮ってもらった写真、とても好きです」

はじめて天海さんと出会った夜。祖父との写真を撮ってもらった。祖父と一緒に写った、最初で最後の思い出の写真だ。

私はあの夜のことを、きっと一生忘れない。

ちらりと顔を向けると、天海さんは照れくさそうに顔をそむけて、それから静かに口を開いた。

「その写真を撮れたのも、妹尾さんのおかげです。でも僕は……妹尾さんの最期のとき、そばにいてあげられなかった」

私の胸がちくんと痛む。それは私も同じだから。

「妹尾さんが倒れる前日、僕に言ったんです。たまには実家に帰って、育ての両親に顔を見せてきたらどうだって」

天海さんはまっすぐ前を向いたまま、記憶を呼び戻すようにしながらゆっくりと話す。

「僕はこの写真館に来て、何度か『帰らぬ人』との写真を撮りに来た人たちに会って、誰もが少なからず後悔をしていることに気づいたんです。そんな僕の気持ちを、妹尾さんは察したのかもしれません。生きているうちに大事な人には会っておいたほうがいいと、妹尾さんは僕に、実家に帰るよう勧めました。それからずっと行けていなかった、本当の両親のお墓参りも行くようにと」

天海さんが少し笑って、私の顔を見る。

「実は僕は家を出てから、育ての両親の家にはほとんど帰っていなかったんです。実の両親への想いとの葛藤があって、伯父と伯母とはどこかぎくしゃくしたままだった。すごく感謝はしていたのに、それを伝えていなかった。だから僕は僕を育ててくれた伯父と伯母に会いにいきました。久しぶりに会ったら、すごく喜んでくれて……一緒に両親のお墓参りに行くことができました。それも全部、妹尾さんが勧めてくれたおかげです」

「祖父はきっと喜んでいます。だからこれでよかったんです」

私が言うと、天海さんは静かに微笑んで、それから私に聞いた。

「つむぎさんは……亡くなったご両親に会いたいと思いますか？」

私はゆっくりと頭で考えながら答えを出す。

「いまはあまり思いません……両親は、ずっと私のそばにいてくれているような気がするんです。でも私にいつか子どもが生まれて親になったとき、会いたいと思うかもしれません」

「そうですか。妹尾さんもいつかは、つむぎさんとご両親の最後の一枚を撮ってあげたいと思っていたかもしれないですね」

けれどもう、それもできない。

「でももしいつか、つむぎさんがご両親に会いたいと思ったら、僕に写真を撮らせてください」

「だけど私、祖父に会ってしまいましたよ。そんなに何度も、会いたい人に会えるんでしょうか？」

「妹尾さんは言っていました。『その人に会えるのは一度だけ』。だから別の人にになら、また会えるのかもしれません。ただし二度も、亡くなった人に会いに来た欲張りなお客さんは、まだいませんね。つむぎさんなら、特別にサービスしますけど」

天海さんはそう言って、少しいたずらっぽい顔で笑う。

「ふふ、ありがとうございます。でも不思議ですね。本当にこのお店が、あの世とつながっているのかしら」

「僕にもわかりません。妹尾さんは妹尾さんのお父さんに教えてもらったと言っていました。もしかしたらその方も、さらにお父さんに教えてもらったのかも。この写真館の写真師に代々受け継がれてきた、ここでしかできない『仕事』なのかもしれません」

「だったらやっぱり、この写真館をなくしたら駄目ですね」

たった十分間、亡くなった人に会えるだけで、立ち止まってしまった残された人が、また前を向いて歩いていけるようになる。ここで写した、最後の思い出写真を胸に。

だからきっとこれは、なくしてはいけない大事な仕事なのだ。

私は足を止め、天海さんの顔を見上げる。

「天海さんにお願いがあります。この『妹尾写真館』を、天海さんが守ってくれませんか？」

天海さんも立ち止まって、私を見た。

「『妹尾さんの遺志を引き継ぎたい』って、言ってくれましたよね。祖父もきっと喜ぶと思います」

「いえ、それは僕の仕事ではありません」

「え……」

「つむぎさんの仕事です」

その言葉に私は慌てた。

「わ、私には……」

「できますよ。つむぎさんの写真に対する愛情は、僕も知っています。昨日だって、ひとりで立派にやり遂げたじゃないですか。僕はそのお手伝いでしたら、いくらでも引き受けますよ」

「でもまた失敗するかもしれない……」

「失敗したらやり直せばいいんです。僕のように」

顔を上げて天海さんを見る。天海さんはいつもと同じ、穏やかな表情で私を見ている。

「だ、だけど、お客さんがめったに来ないこんなお店に、従業員ふたりはいらないでしょう？」

「だったらもっとお客さんが来るように考えましょう。妹尾さんの残してくれたものを守りながら、つむぎさんの新しい意見も取り入れるんです。きっと妹尾さんもわかってくれます。つむぎさんが『妹尾写真館』を引き継ぐんです」

「私が……おじいちゃんの写真館を……」

「そうですよ。少しでも多くの人の思い出づくりをしてあげたいって、つむぎさん言っていたじゃないですか」

そう思っていた。いまでも思っている。だけどやっぱり、あと一歩が踏み出せない。

「それに妹尾家の血を引き継ぐ者は、もうつむぎさんしかいないんです」

前に祖父が言っていたという言葉。私がこの店の後継者だと……

すると天海さんは首から下げていたカメラをはずし、私の前に差し出した。

「このカメラ、知っていますよね？」

私は黙ってそれを見下ろす。年季の入った、フィルム式の一眼レフカメラだ。

「知っています。祖父が愛用していたカメラです」

「妹尾さんの好みだった、白黒フィルムを入れておきました。まずはこれでつむぎさんの好きなものを、自由に撮ることから始めてみたらどうですか？」

天海さんの手から、祖父のカメラを受け取る。何度か手にしたことはあるけれど、今日はやけにずしりと重く感じる。

「私の……好きなもの」

考えながらつぶやく。

私の好きなものって……私ははっと顔を上げた。

「私、撮りたいものがあります。天海さん、つきあってもらえますか？」

しっかりと、天海さんにそう言った。天海さんは黙って、うなずいてくれた。


海沿いの道を、ふたりで引き返した。

堤防の向こうに広がる海。子どものころから何度も歩いた道だ。

私には両親がいなかったけれど、寂しいと思うことはなかった。それはやさしい祖父がいつもそばにいてくれたから。

だから私は知っている。祖父の温かい手を。私の頭をなでてくれたぬくもりを。いつも見守ってくれたやさしい視線を。私を愛してくれていたことを。

そして祖父には、もうひとつ、愛していたものがある。

私と天海さんは、見慣れた古い建物の前で立ち止まる。

何代もずっと受け継がれてきた、『妹尾写真館』だ。

「祖父が愛していたこの場所を、一番に撮りたいと思いました」

天海さんの隣でそう言って、ファインダーをのぞいた。四角い枠の中に、洋風の建物が見える。

「私にとっても、ここは大好きな場所だから」

「はい。僕もです」

天海さんの声が聞こえた。

いまの私に、なにができるのかはわからない。まだまだ未熟で、覚えなければならないことは山ほどある。

だけど私が、この写真館を守っていけるのなら……

『人が死んでも、写真は残る。写真は撮る人から、撮られる人への、大切な贈り物なんだよ。どうかそれを忘れないで』

祖父から最後に聞いた言葉を、頭の中で繰り返す。

私は一度だけ、大切にシャッターを切った。ファインダーの向こうに、祖父はいないけれど……これは私から祖父へのはじめての贈り物だ。

暗室の中で、天海さんと一緒にフィルムを現像し、印画紙に焼きつけた。

現像液の中で、ゆっくりと浮かび上がってくる写真館の姿をふたりで見守る。

乾燥させ、写真ができあがると、天海さんが光にかざすようにしてそれを眺めた。

「よく撮れています」

「……祖父もそう言ってくれるでしょうか」

「もちろんですよ」

写真から目を離した天海さんが、私に笑いかける。その笑顔に、そっと背中を押された気がした。

「私……やってみようかな」

こんな私でも、前に進んでいいのなら……

「お手伝いしますよ。僕でよければ」

天海さんの手から私の手に、写真館の写った写真が渡される。

「もちろんです」

私は写真を胸に抱きしめ、頭を下げた。

「これから、どうぞよろしくお願いします」

「こちらこそ」

天海さんも頭を下げて、同時に顔を上げると目が合った。なんだかおかしくなって、ふたりで笑い合う。

「では、なにから始めましょうか」

天海さんの声に、私は答える。

「とりあえず……お昼ご飯を食べましょう。今日は私が作ります」

腕まくりをする私を見て、天海さんが笑った。

「楽しみに待っています」

さて、今日のメニューはなににしよう。

天海さんの好きなものを、聞いてみようか。私はまだ、天海さんの好きなものをなにも知らない。だけどこれから少しずつ、知っていけばいいんだ。

白い花に囲まれた写真の中で、祖父が穏やかに笑っているような気がした。

この作品に対する皆様のご意見・ご感想をお待ちしております。

おハガキ・お手紙は以下の宛先にお送りください。

【宛先】

〒150-6008 東京都渋谷区恵比寿 4-20-3 恵比寿ｶﾞｰﾃﾞﾝﾌﾟﾚｲｽﾀﾜｰ 8F
(株) アルファポリス　書籍感想係

メールフォームでのご意見・ご感想は右のＱＲコードから、
あるいは以下のワードで検索をかけてください。

アルファポリス　書籍の感想　検索

ご感想はこちらから

アルファポリス文庫

妹尾写真館《せのおしゃしんかん》 ～帰《かえ》らぬ人《ひと》との最後《さいご》の一枚《いちまい》、お撮《と》りします～

水瀬さら（みなせさら）

2020年 9月30日初版発行

編集－加藤純
編集長－太田鉄平
発行者－梶本雄介
発行所－株式会社アルファポリス
〒150-6008東京都渋谷区恵比寿4-20-3恵比寿ｶﾞｰﾃﾞﾝﾌﾟﾚｲｽﾀﾜｰ8F
TEL 03-6277-1601（営業） 03-6277-1602（編集）
URL https://www.alphapolis.co.jp/
発売元－株式会社星雲社（共同出版社・流通責任出版社）
〒112-0005東京都文京区水道1-3-30
TEL 03-3868-3275
装丁イラスト－pon-marsh
装丁デザイン－AFTERGLOW
印刷－中央精版印刷株式会社

価格はカバーに表示されてあります。

落丁乱丁の場合はアルファポリスまでご連絡ください。

送料は小社負担でお取り替えします。


ISBN978-4-434-27883-9 C0193